pinguletta

W0331463

Es hätte ein so entspannter Urlaub in Griechenland für den pensionierten Ermittler Wellendorf-Renz werden können. Wenn nicht die feine Nase seines Hundes Schauriges erschnuppert hätte. Tote Taucher hängen nicht einfach in Bäumen. Und plötzlich befindet sich der Ex-Kommissar inmitten eines mysteriösen Mordfalles, der sich als weitaus komplexer entpuppt, wie es zunächst erscheint. Die Spur führt Wellendorf-Renz in höchste staatliche und kirchliche Instanzen, Korruption und politische Verstrickungen ziehen den Sonderermittler und seine griechischen Kollegen in einen tiefen Strudel weiterer ungeklärter Morde.

Claudia Konrad wurde 1965 in Göttingen als Ur-Ur-Enkelin des Freiherrn Johannes Benjamin Konrad von Budzinski geboren. Im Frankenland aufgewachsen, lebt und arbeitet sie heute im Nordschwarzwald.

Mit Motorradreisebüchern und humorvollen, skurrilen Kurzgeschichten begann das Schreiben. ›Grenzenlose Intrigen‹ ist ihr erster Kriminalroman mit der 2009 kreierten Figur des pensionierten Hauptkommissars Peter Wellendorf-Renz. ›Schwarze Villa‹, der zweite Band der Reihe, erschien ebenfalls im pinguletta Verlag.
Claudia Konrad hat zahlreiche Veröffentlichungen in Anthologien, Fachzeitschriften sowie Bücher im Self-Publishing. Sie ist Gründungsmitglied des Goldstadt-Autoren e. V., und Mitglied im Pforzheimer Kulturrat e. V.

Claudia Konrad

Grenzenlose Intrigen

Tod in Alepochori

Kriminalroman

pinguletta

Claudia Konrad

Grenzenlose Intrigen

Tod in Alepochori

ISBN 978-3-948063-07-8

2. Auflage 2019

Fotos: © Claudia Konrad
Covergestaltung: © Sabrina Furrer
Produktion: Helmut Speer

Lektorat:
Michael Lohmann
www.worttaten.de

Druck: www.druckterminal.de
KDD Kompetenzzentrum Digital-Druck GmbH
Leopoldstraße 68 * D-90439 Nürnberg

Printed in Germany 2019

www.pinguletta-verlag.de

Ha noi, so ebbes gebts jo gar ned.

En Daucher. Da hangt en Daucher im Bom!

Peter Wellendorf-Renz

Die Handlung und alle handelnden Personen sind frei erfunden. Jede Ähnlichkeit mit lebenden oder realen Personen ist rein zufällig und nicht beabsichtigt.

Prolog

Geisterwald. Knarrende Baumstämme, vom warmen Wind umspielt. Ein Heer bizarrer Pinien, verbrannt bis in die Wipfel. Rußgeschwärzte Hänge, Verwesungsgeruch.

Welle sah die Feuersbrunst vor sich. Hörte das gellende Todesblöken der Schafe, deren Stall von Flammen umzüngelt war. Hubschrauberlärm mischte sich unter das Feuergefauche. Gierig sogen die Flammen erste Wasserbretter auf, die tonnenschwer auf den Wald prasselten – und doch nur wie Tropfen auf dem heißen Stein wirkten. Klägliche Versuche, das Inferno unter Kontrolle zu bekommen. Ein weiterer Lösch-Hubschrauber näherte sich. Der Kampf gegen die Naturgewalt hatte begonnen.

Nichts für Zartbesaitete, wenn das Kopfkino des Pforzheimers ansprang. Trollingers aufdringliches Gebell durchbrach seine Vorstellungen und holte ihn in das Jetzt zurück. Der Unterton im Bellen gefiel dem pensionierten Hauptkommissar gar nicht. Er versuchte, seinen Vierbeiner auszumachen. »Trollinger!«, schrie er. »Bei Fuß!«

Der Rüde erschien kurz, knurrte seinen Herrn an, um gleich wieder im Schwarz zu verschwinden.

»Sack Zement, was ist jetzt wieder?« Grantig stiefelte er hinterher. Nach ein paar Metern hatte er ihn eingeholt.

»Beruhig dich, was ist denn los mit dir?«

Welle schaute sich um, sah aber nichts.

»Hör doch mit der blöden Kläfferei auf. Aus jetzt!«

Mit gefletschten Zähnen rannte Trollinger hin und her, verharrte und schaute gen Himmel. Der Pensionär folgte dem Blick seines Hundes.

»Deifel nomol … Ha noi, so ebbes gebts jo gar ned. I glab, i spinn. En Daucher. Da hangt en Daucher im Bom!«

Kapitel Eins

»Wann war i sletschmol so besoffe?« Trollinger musste das wissen. Der saß neben ihm … nein, der lag …

»Trollinger!« Es wuffte matt. Unter der Bank. Bank? Bushäuschen. Ahhhh, Bushäuschen. Er saß auf der Bank, es nieselte, daher Bushäuschen. Warum nieselte es immer an seinem Geburtstag, wo es doch in Pforzheim nie nieselte. Er musste grinsen. Nie nieseln, komisch.

»Trollinger, findest du *nie nieseln* auch komisch?« Trollinger wuffte. Alles gut.

»Also, Trollinger, wann war ich das letzte Mal so betrunken?«

Warum saß er hier? Wo war Erika?

»Trollinger, wie alt bin ich jetzt, und wo ist Frauchen?«

Und was, Himmel-Schdugert-Sackzement!, hatten die ihm da geschenkt? Die von seinem Club. Die *Alten Hasen*. Fünfundsechzig, das war es. Fünfundsechzig Kerzen hatte er ausblasen müssen. Heidenei! Und dann der Wein, zehn Schoppen? Ramazzotti, vier? Grappa? Auch egal.

»Wieso sprang mir jetzt Griechenland ins Hirn? Wir waren doch im ›Al Bacio‹, eindeutig Italien.« Er griff in die Tasche des Trenchcoats, streifte über Reste von Tiramisu auf seinem Jackett, Trollinger musste ablecken. Ein Umschlag, DIN-A4-Blatt, ein Bild von einem Schiff, noch ein Bild, Markusplatz, Venedig.

»Trollinger, soll ich das mal vorlesen, willst du es hören, oder sollen wir warten, bis Frauchen ...«

Jetzt spürte er Tränen. Ist ja nicht mehr, die Erika. Scheiß LKW! Seit mehr als acht Jahren nicht mehr. Fünfundfünfzig Jahre war sie ... Zum die Wänd hochgrabble!

»Ich lese es dir vor, Trollinger. Also … Lieber Welle, damit du mal wieder richtig Welle machen kannst … Trollinger, das ist doch ein mieser Scherz, oder? Also, damit du Welle machen kannst, schenken wir dir ein Fährticket von Venedig nach Griechenland auf der Anke Lines … Wer ist denn jetzt Anke? Trollinger, wollen die, dass ich mit der Anke … ach so, die Reederei heißt so … Kabine mit Sondergenehmigung für Trollinger in allen Bordbereichen. Wahlweise Igoumenitsa, Korfu oder Patras.«

Jetzt kam die Erinnerung zurück.

»Wer hat sich das denn ausgedacht?«

»Ist doch egal«, hatte Holger Kuhlmann gesagt. »Du wolltest dir alte Steine anschauen und da eignen sich die der alten Griechen am besten. Genieße deinen Urlaub, schließlich hast du dich seit Erikas Tod nicht mehr aus Pforzheim herausbewegt. Außer vielleicht mal bis zum Titisee und in die Schweiz zu deinem Kumpel. Wir freuen uns jedenfalls auf deinen Urlaubsbericht.«

»Aber ich habe gar keinen runden Geburtstag! Das kann ich nicht annehmen«, hatte er gesagt.

»Ha so ebbes!« Hans Häberles Bassstimme dröhnte im tiefsten Badisch. »Mir hen des älle gwellt, und jetzt hälsd dei Gosch. Proschd!«

»Ja, dann bleibt mir wohl nichts anderes übrig. Nochmals vielen, vielen Dank!«

†

Er stand auf. Es hatte aufgehört zu nieseln. Welle hielt sich an der Strebe des Bushäuschens fest, schob Manschette und Trenchcoat-Ärmel zurück, griff mit der anderen Hand in die immer noch beschmierte Jacketttasche und setzte sich erneut die Lesebrille auf.

»Herrschaft, Trollinger, halber drei gleich. Schaffen wir den Berg noch?« Wieder so ein kurzer Moment, in dem er es bereute, hoch über Pforzheim zu wohnen.

Der Staffordshire blickte nach oben, als wollte er sagen: Stell dich nicht so an, Alter, du auf zwei, ich auf vier Beinen. Ich will in den Korb, und wenn du bitte noch einen Klecks Tiramisu ...

»Ja, braver Hund, hörst mir immer zu. Dir armen Teufel bleibt auch nichts anderes übrig.« Welle bückte sich, streichelte ihn und lächelte.

Er torkelte sich auf dem Heimweg ein.

Ein weiteres Stück Erinnerung kam zurück, gerade mal neun Stunden war das her.

Er war mit Trollinger die Bahnhofstraße hinuntergelaufen, vorbei am Polizeirevier. Holger Kuhlmann und Igmar Keller waren herausgekommen.

»Da ist ja unser Geburtstagskind.« Das war Kuhlmann.

»Kind? ›Alter Sack‹ wolltest du wohl sagen. Wo geht's hin?«

»Na, deinen Geburtstag feiern, wohin denn sonst?«

»Damit hast du nicht gerechnet, gell?« Keller war den ganzen Abend über bester Laune gewesen. »Kommt, wir müssen uns beeilen, die anderen werden sicher schon warten. Schau nicht so belämmert, du wirst heute noch einige Überraschungen erleben.«

Wirt Andreas hatte gerade ein Tablett mit Sektgläsern

hinter der Theke hervorbalanciert, als die drei eintraten. Und jetzt war der Film wieder da, Echtzeit, live und in Farbe mit Ton. Als sei es gestern ... nein, war ja eben erst alles, vor der Sache mit der Anke … nein, mit dem Schiff. Hatte er das richtig verstanden, eine eigene Kabine für Trollinger?

»Du kommst gerade recht, hast wohl gerochen, dass der Begrüßungstrunk eingeschenkt ist.« Der Wirt stellte ab und umarmte Welle herzlichst. Die *alten Hasen* waren vollzählig erschienen und trällerten ihr ganz persönliches Geburtstagsständchen.

»Lieber Peter …« Hans Häberle hob nach dem Gesang sein Glas.

»Heute ist dein Festtag, und wir haben uns hier versammelt, um mit dir zu feiern und viel Spaß zu haben. Wir wünschen dir weiterhin noch viele Sonderermittlungsfälle, Gesundheit und ein langes Leben. Hoch sollst du leben, drei Mal hoch.«

»Freunde, welch eine Überraschung! Ich danke euch von Herzen. Dass ihr alle da seid, ist so cool, wie das im heutigen Jargon so schön heißt. Ich danke euch.«

»Nun mal langsam, Herr Peter Wellendorf-Renz, Sie! Wenn Sie denken, das wäre alles … Welle, wir haben uns was ausgedacht für dich. Ich als Gründer unserer erlesenen Runde …«

Wenn Hans Häberle, Richter außer Dienst, sprach, klang es immer wie ein letztinstanzlicher Urteilsspruch. Die anderen schwiegen. Häberle zupfte sich am nicht vorhandenen Bart und zog einen Zettel aus seiner Sakko-Innentasche. »Ich habe einen Steckbrief über dich entworfen, und den gehen wir jetzt mal gemeinsam zur Urteilsfindung durch.«

Alle saßen, der Ex-Richter stand. Trollinger lag unter dem Tisch auf der Suche nach Krümeln.

»Name ist bekannt, Alter seit heute auch. Fünfundsechzig. Zwei Drittel geschafft, oder? Die Neunzig ist locker drin bei dir.«

»Schafft der locker! Die Leichenfunde scheinen ihn jung zu halten. Er wercheld doch jetzt mehr als früher«, flötete Kuhlmann. Er foppte zu gern.

»Einen Meter fünfundachtzig groß, etwas zu viel auf den Rippen. Was meinst du?« Häberle schaute zu Hugo Wert, seines Zeichens Rechtsmediziner.

»Alles noch im grünen Bereich bei Welle, Hans.«

»Beruf? Ne, da steht nichts. Aber wir wissen, dass die Besten, so wie ich, in Pension sind. Kriminalhauptkommissar, ehemaliger, mit legendären Fällen in der Stadt. Pforzheim kann verdammt stolz auf deine Erfolge sein, Welle. Darauf einen tiefen Schluck. Ich habe einen 2013er Santa Margherita Chianti Classico ausgesucht. Hoch die Tassen, alle!«

Die Stimmung war gehoben. Die Kommissare Kuhlmann und Keller tuschelten; traute Zweisamkeit, die man von den beiden nicht kennt, weil sie meist im Clinch liegen.

»Peter, ich kann diesen Steckbrief nicht zu Ende bringen, ohne Erika zu erwähnen. Das muss sein, sie ist dabei, das weißt du. Ihr Leben gehörte zu deinem, ihr Tod soll nicht vergessen werden. Und es ist das – verzeiht diesen harten Ausdruck – Beschissenste überhaupt, wenn ein Halbsäggel von Truckfahrer das Stauende verpeilt und einem die Frau aus dem Leib reißt.«

Welle merkte, wie sich ein Kloß den Weg in seinen Hals bahnte, er tätschelte Trollingers Lauscher unter dem Tisch. Seinen Kopf zwischen den Beinen. Der musste sich erhoben haben, als Erika erwähnt worden war. Er kraulte ihn kurz.

»Hans, is scho rechd. Fast acht Jahre ist das her, und noch immer … Ich danke euch. Aber wollten wir heute Abend nicht fröhlich sein. Sind die *Alten Hasen* nicht ein Haufen von Lebensfrohen?« Welle konnte seine Rührung kaum verbergen. Seine Freunde hier, alles mit so viel Herzblut organisiert – und dann noch die Erinnerung an Erika. Er leerte das Glas.

»Andreas, noch einen! Sollen die Gläser etwa leer bleiben?«

Hugo Wert stellte sich neben den Ex-Richter.

»Dank uns nicht zu früh, mach lieber mal deine Geschenke auf.«

Erst jetzt bemerkte Welle, dass unter der großen Pralinenschachtel von *Lindt*, die man ihm in die Hand gedrückt hatte, ein dünnes Buch und ein länglicher Umschlag befestigt waren. Da allerdings gerade eine extrem gut riechende Fischsuppe serviert wurde, musste das Öffnen auf die Zeit nach dem Festessen verschoben werden.

Nachdem Stunden später der Verdauungs-Grappa serviert worden war, widmete sich der Jubilar seinen Geschenken. Er löste Buch und Umschlag von der Schachtel. »Sprudelnder Quell – Präsent in Reimen«, las er vor. »Woher wisst ihr, dass ich Gedichte mag? Holger, das kann nur von dir stammen!« Er überflog die Vita des Autors und freute sich umso mehr, dass der ebenfalls in

Pforzheim ansässig war. Dann machte er sich daran, das Kuvert zu öffnen. Welle konnte nicht glauben, was er dann las. Schüttelte mit dem Kopf, drehte und wendete das Papier, las erneut.

Griechenland.

So war's gewesen. Eine Schiffsreise. Er hatte alles wieder beieinander, als er ins Bett stieg. Schädelweh, leichte Übelkeit, jetzt schon, wie sollte das erst später werden?

Dennoch lallte er Trollinger an, wie viel Bücher er schon über Griechenland gelesen hatte. Die komplette griechische Mythologie hatte er sich im Lauf der Jahre einverleibt, ohne sie eigentlich verstanden zu haben, so verwirrend wie sie war. Die Mutter mit dem Sohn, der Bruder mit der Schwester, die Tochter mit dem Vater – Sodom und Gomorrha, die Lasterhaftigkeit in Perfektion. Aber genau diese Verworfenheit war es, die ihn an diesem Thema reizte. Seine Schwägerin war einmal in Griechenland gewesen, er wollte sie morgen gleich anrufen, um Tipps einzuholen. Er erinnerte sich, dass sie von einer zauberhaften kleinen Bucht auf dem Festland schwärmte.

»Gute Nacht, Trollinger. Geht's uns gut?«

Aus dem Korb wuffte es. Trollinger hatte, völlig unüblich, den Kopf vom Bett abgewandt. Seine feine Nase und der Geruch von Alkohol schienen nicht wirklich Freunde zu werden. Tiramisu wäre ihm lieber gewesen.

Eine Woche später hatte Welle sich nach zahlreichen Telefonaten mit der Schwägerin und Wühlen im Internet entschlossen, in einen kleinen Fischerort auf dem griechischen Festland zu fahren. Porto Germeno lag recht günstig, um sich einige Sehenswürdigkeiten anzusehen. Direkt am Meer in der Korinther Bucht. Athen, Delphi, die Insel Evia oder der bekannte Kurort Loutraki sind mit Tagestouren zu erreichen. Ägina, eine kleine Insel vor Piräus, wollte er auch besuchen. Seine Schwägerin schwärmt noch heute von der Pistazieninsel, auf der man Honig mit eingelegten Pistazien bekäme.

»Griechenland, wir kommen«, rief er voller Vorfreude.

Mitte Juni 2015 packte Welle Koffer und Hund in seinen VW Käfer mit Oldtimer-Kennzeichen, um sich auf den Weg über die Alpen nach Venedig aufzumachen. Er wählte die kurze Route über den Fernpass, vorbei an Innsbruck, über den Brenner bis nach Bozen in Südtirol. Hier hatte er sich als Zwischenquartier ein kleines Hotel gebucht, in dem er öfter mit Erika gewesen war.

Die Wirtsleute waren noch dieselben. Sie begrüßten ihn so herzlich wie immer. Am Abend erzählte er bei einer herzhaften Brotzeit mit Tiroler Speck und einigen guten Schoppen Wein vom Kalterer See, was in den letzten Jahren geschehen war. Erst spät bettete er sich zur Nachtruhe.

Nach ausgiebigem Frühstück und dem Versprechen, auf dem Rückweg erneut in Bozen zu stoppen, setzte er seine Fahrt nach Venedig fort. Die sehr gute Beschilderung führte direkt zum Fährhafen. Da er unter der Woche reiste, gab es keine allzu großen Warteschlangen vor dem Check-in-Schalter und beim Boarding.

Die Rezeptionistin der ›Lefka Ori‹ empfing ihn mit mürrischem Blick auf den Hund. Die Griechen haben es noch nicht so mit Haustieren, diesbezüglich war er vorgewarnt worden. Als sie seine Papiere überprüfte und ihn dann mit »Commissario Wellendorf-Renz« ansprach, staunte er nicht schlecht. Hatten seine lieben Kollegen wohl wieder einmal dick aufgetragen.

»Ihre Kabine ist auf dieser Ebene, den Flur nach hinten, dann links. Für die Mahlzeiten wurde im Service-Restaurant für Sie ein Platz reserviert. Ihren Hund können Sie überall mitnehmen, da Sie einen Sonderstatus hier an Bord genießen. Wir wünschen Ihnen einen angenehmen Aufenthalt auf unserem Schiff.«

»Danke sehr.« Er war beeindruckt.

»Kommen da etwa noch mehr Überraschungen auf uns zu?«, fragte er Trollinger.

Die Außenkabine war erstaunlich geräumig, das Bad klein, aber sauber. Waschzeug und Hundedecke breitete Welle schnell aus, bevor er zielstrebig das Oberdeck anvisierte. Die Fähre würde gleich ablegen und einen bezaubernden Blick auf die Sehenswürdigkeiten von Venedig preisgeben.

Welle schlenderte zum mittigen Oberdeck, nahm sich einen Stuhl, stellte ihn direkt an die Reling und genoss die Ausfahrt aus dem Hafen. Trollinger machte es sich unter dem Stuhl bequem, hechelte und leckte sich immer wieder die Schnauze. Seeluft und Salzwasser waren Neuland für den Terrier.

»Commissario, guten Tag«, grüßte ein Offizier. »Da haben Sie aber richtig Glück. Dies ist die letzte Fähre, die diese Route durch die Kanäle von Venedig nimmt. Zum Schutz der Stadt wird der Hafen vorverlegt. Leider sieht man dann nichts mehr von der Metropole. Ich habe mir erlaubt, Ihnen einen Begrüßungsaperitif mitzubringen. Ich hoffe, Sie mögen frischgepressten Orangensaft.«

»Herzlichen Dank, das ist sehr aufmerksam.« Welle nahm das eisgekühlte Glas entgegen.

†

Kapitel Zwei

Die Autobahn von Patras in Richtung Athen fand Welle schnell.

»Schternsabbermoschd! Wie fahren die hier nur? Kamikaze ist Dreck dagegen. Heidenei, des isch e Selbstmordpischd, fahr doch vorbei, du Ladschi, und hör mit der idiotischen Lichthupe auf!«, bruddelte Welle vor sich hin.

Er musste sich höllisch konzentrieren. Die Strecke bis nach Korinth hatte mit einer Autobahn nach strengem Pforzheimer Maßstab wenig zu tun. Baustellen über Baustellen, nur unterbrochen vom Tunnelbau.

»Wir sind ein paar Jahre zu früh dran, fürchte ich«, seufzte Welle. Trollinger lag hechelnd im Fußraum. Das Thermometer auf dem höchsten Gebäude eines Einkaufszentrums zeigte 29,5 Grad.

Als er Korinth endlich passiert hatte, konnte er die Fahrt bis nach Megara genießen, die Autobahn war in diesem Abschnitt ein Traum. Nach dreieinhalb Stunden Fahrt kam er in Porto Germeno an. Ermattet. Trollinger zog sich mehr aus dem Käfer, als dass er sprang. Er suchte sofort nach einem Wassernapf.

Den stellte ihm Sofia hin. Sie schien auf Welle gewartet zu haben. Die Kittelschürze mit Blümchen, die an legendäre Pril-Blumen erinnerten, spannte. Die Frau war nicht größer als einen Meter sechzig, rundlich, aber mit strahlenden dunklen Augen und einem herzlichen Lachen. Deren Pension ›Sonnenuntergang‹ war klein, aber fein, lag in luftiger Höhe am Meer; Sofia sprach gebrochen Deutsch. Trollinger schien nicht mehr durstig zu sein, er lag im Schatten unter einer Bank und starrte Spatzen an, mehr oder weniger direkt vor seiner Schnauze.

Welle schlörte sein Gepäck in das spärlich, aber ausreichend eingerichtete Zimmer. Ein alter Holzkleiderschrank, der ohne Holzwurmbefall sicherlich einmal ganz nett ausgesehen haben musste. Ein eckiger Tisch mit einer Schale voller Weintrauben und ein Fläschchen Ouzo. Ein Sessel und ein griechischer Holzstuhl mit Strohbezug, der schon vom Anschauen zusammenzubrechen schien. Den Willkommensgruß in flüssiger Form nahm Welle gleich zu sich. Schief befestigt, hing ein Fernseher an der Wand. Die Klimaanlage surrte leise. Welle zog die Gardinen zur Seite, öffnete das Fenster und sog die warme Luft ein. Sein Blick reichte übers Meer bis zum Horizont. So hatte er es sich vorgestellt. Das Badezimmer war geräumig, die Einrichtung neu. Erschöpft ließ er sich auf das Bett fallen und war überrascht, wie bequem es war. Prompt schlief er ein. Trollinger schupste ihn an, weckte ihn. Der Rüde musste raus.

Welle stopfte sich ein paar Weintrauben in den Mund und unternahm einen Spaziergang durch das überschaubare Dorf. Die Einheimischen grüßten ihn freundlich, hielten aber einen respektvollen Abstand zum Staffordshire Bullterrier, der auch im Urlaub nicht an der Leine lief.

Den ersten Sonnenuntergang betrachtete Welle mit seinem zweiten Glas Wein des Abends auf der sanften Anhöhe vor seiner Pension. Er streckte die Arme aus, atmete die Seeluft tief ein. Völlig ungeniert rief er: »Hallo, Hellas, du Land der Götter und Heroen, ich bin da!«

Am dritten Tag hatte er sich an die Hitze gewöhnt; eine stete Brise machte sie erträglich. Ano Alepochori, gut zwanzig Kilometer entfernt, war an diesem Tag sein Ziel. Er wollte sich selbst von den Ausmaßen des Waldbrandes vor knapp zwei Wochen überzeugen. Nicht dass er besessen nach Naturkatastrophen war, Sofia hatte ihm von der Feuersbrunst erzählt und dass die Menschen dort oben sagenhaftes Glück gehabt hätten. Man habe zahlreiche verbrannte Landschildkröten und nahezu dreißig Schafe entsorgen müssen. Die trockenen Pinien hatten wie Zunder gelodert. Sie trauerte um dieses schöne Fleckchen Erde, von dem man einen herrlichen Ausblick auf Alepochori und das Meer habe.

Damit war Welles Neugierde geweckt. Er zog sich eine Siebenachtel-Hose an, streifte ein leichtes T-Shirt über, das seine Oberarmmuskulatur betonte. Trotz seines Alters und der fünfundneunzig Kilo Lebendgewicht unterzog er sich einem kurzen täglichen Fitnessprogramm. Sein Körper dankte es ihm mit einem annehmbaren Aussehen. Auf seine schwarze Haarpracht, die beinahe pigmentstörungsfrei war, stülpte er eine Tropenkappe. Die Füße stopfte er in Wanderschuhe. In Pforzheim kannte man ihn nur mit Cordhosen, Hemd und Jackett. Wenn es frisch war, zog er sich einen zerknitterten Trenchcoat über. Inspector Columbos großer Bruder. Ein prüfender Blick in den

Spiegel …

»Sieht das scheiße aus! Egal.«

Auf einem Kamm oberhalb von Psada, links eine Art Marterl, rechts ein beunruhigend schöner Blick aufs Meer. Er hielt kurz an, um sich die Ikonen anzusehen, die ungeschützt an der weiß gekalkten Wand hingen. Die Straße führte direkt am Meer entlang durch Psada, einer überschaubaren Bucht an einem langen feinen Kieselstrand, den er aus dem Wagen heraus gut sehen konnte. An der Strandpromenade reihten sich zahlreiche Tavernen aneinander.

»Trollinger, ich glaube, hier werden wir heute Abend den Sonnenuntergang bei Fisch genießen.«

Welle fuhr das Küstensträßchen entlang, wich ein paar Steinbrocken aus und gelangte nach Kato Alepochori. An der ersten Gabelung hielt er an, um den Weg nach Ano Alepochori zu erkunden. *Ano* stand für oben, wie ihm die Sofia heute Morgen noch erklärt hatte.

Mühsam zuckelte der Käfer auf der unebenen Fahrbahn bergaufwärts. Der Gute war halt schon ein bisschen schwach im Getriebe. Ab und an tätschelte Welle das Armaturenbrett, eine Geste als Dank für treue Dienste.

An einem großen Wasservorratstank stellte er den Wagen ab. Mit Trekkingstöcken, einem kleinen Rucksack und einem halben Liter Wasser im Gepäck ging es zu Fuß weiter. Immer wieder blieb er stehen, rastete und ließ die Umgebung auf sich wirken. Trollinger blieb ihm auf den Fersen.

Mit Mühe stiegen Herr und Hund den Weg an. Es versprach, wieder ein heißer Tag zu werden. Nach den ersten Häusern bogen sie rechts ab und folgten einem schmalen Pfad in den Wald. In der Luft hing ein schwelender Geruch.

Trollinger knurrte unmerklich vor sich hin.

»Ist ja gut. Hier stinkt es nicht nur verbrannt, sondern auch verwest, wahrscheinlich liegt doch noch totes Getier herum. Schau dir das an, bis in die Spitzen der Bäume alles verkohlt!«

Welle drehte sich um die eigene Achse und ließ seine Blicke schweifen. An einem ausgebrannten Stall blieb er kurz stehen.

»Unglaublich, die armen Viecher.«

Nach rund zweihundert Metern erreichten sie das kleine Plateau. Den Blick in die Ferne gerichtet, konnte Welle tatsächlich über Kato Alepochori schauen und weit übers Meer hinaus zu einer kleinen Insel, die im Hitzedunst gerade noch zu erkennen war.

»Ganz schön groß, dieses Alepochori, vermutet man gar nicht. Es wird sicherlich Jahre dauern, bis hier wieder etwas Grünes wächst.« Welle wähnte Trollinger neben sich.

Ganz in Gedanken spähte er über den rußgeschwärzten Hang hinunter zur Straße, starrte auf die Reste des Waldes, bis ihn Trollingers aufdringliches Gebell aufhorchen ließ.

Der Rüde erschien kurz, knurrte seinen Herrn an, um gleich wieder im Schwarz zu verschwinden.

»Sack Zement, was ist jetzt wieder?« Grantig stiefelte er hinterher. Nach ein paar Metern hatte er ihn eingeholt.

»Beruhig dich, was ist denn los mit dir?«

Welle schaute sich um, sah aber nichts.

»Hör doch mit der blöden Kläfferei auf. Aus jetzt!«

Mit gefletschten Zähnen rannte Trollinger hin und her, blieb abrupt stehen und schaute gen Himmel. Der Pensionär folgte dem Blick seines immer noch tobenden Hundes.

»Jetzt halt endlich dei Lapp! Deifel nomol … Ha noi, so ebbes gebts jo gar ned. I glab i spinn. En Daucher. Da hangt en Daucher im Bom!«

Erstaunt betrachtete Welle diese schaurige Entdeckung. Vorsichtig trat er rückwärts, um sich einen besseren Überblick zu verschaffen. Als schwebe die Heilige Mutter Gottes vor ihm, stierte er nach oben.

Er verharrte, Trollinger neben ihm, bis ihm auffiel, dass weder Flossen noch Tauchgeräte vorhanden waren. Welles Augen scannten die Umgebung.

Nichts. Hier war nichts … außer diesem Geisterwald.

†

Kapitel Drei

Der badische Sonderermittler kramte sein Handy aus der Hosentasche und wählte die Nummer des ADAC-Notrufs. Er war der griechischen Sprache nicht mächtig und sein Englisch glich eher dem von Günther Oettinger, Baden Württembergs Ex-Ministerpräsidenten. Welle hielt es für angebracht, das Geschehen jemandem mitzuteilen, der Deutsch sprach. Die nette Dame des Athener ADAC-Büros glaubte ihm zunächst nicht, bat ihn dann aber, am Fundort zu bleiben. Sie werde die Polizei verständigen, allerdings sei deren Eintreffen mit Wartezeit verbunden. Das Revier befände sich in Megara.

»Womit habe ich das verdient, Trollinger? Wollten wir nicht Urlaub machen? Wieso ziehe ich ständig Tote an? Ich liebte meinen Job ja, und ab und an mal ein bisschen Aushelfen ist ja auch ganz nett. Aber doch nicht im Urlaub und schon gar nicht so etwas!«

Wieder blickte er kopfschüttelnd auf die Kreatur im Baum, dann zog er sich mit seinem Hund zurück auf das Plateau, um die Wartezeit wenigstens mit einer schönen Aussicht zu verkürzen.

Plötzlich wurde es windstill. Eine unheimliche Ruhe durchzog den Wald. Trollinger bekundete Unbehagen, indem er eng bei seinem Herrn lag und seinen Kopf in die Höhe streckte. Welle kraulte ihn. Seine Gedanken kreisten um den Leichenfund.

Wer zum Henker machte sich die Mühe, einen Toten in einen Baum zu hängen? Warum der Taucheranzug? Und wo waren die Geräte? Zugegeben, so etwas war ihm bisher weder untergekommen noch hatte er jemals davon gehört.

Er drehte sich um, als er ein Geräusch hinter sich hörte. Zwei Polizisten kamen durch das Geäst und redeten munter drauflos. Welle zuckte mit den Schultern.

»No Griechisch und nur a little bit Englisch.« Er deute an, dass die Beamten ihm folgen sollten.

Der harte Waldboden knarzte unter den schweren Stiefeln der Uniformierten. Flüchtig verschafften sie sich einen Überblick, diskutierten hin und her. Einer ging zum Auto und kam mit einem dicken Seil zurück. Lässig warf er es um einen maroden Ast, stützte seine Beine am Baumstamm ab und zog sich hoch.

Welle beäugte stirnrunzelnd das Szenario.

»Stopp!«, rief er. »Was macht ihr denn da? Wo sind eure Ermittler, die Spurensicherung?«

Er konnte nicht anders. Krampfhaft überlegte Welle, wie er sich ausdrücken sollte. Die spinnen, schimpfte er in Gedanken, wurde schier wahnsinnig, der würde doch nicht …

Mit einem dumpfen Plonk prallte der leblose Körper auf den Boden.

»Das darf nicht wahr sein. Was sind das für Idioten?«, brach es aus ihm heraus.

Die zwei Griechen näherten sich dem Toten, um ihn auf den Rücken zu drehen. Als Welle ebenfalls einen Schritt darauf zu ging, deuten sie ihm an, dass er fernbleiben solle.

»I am a German Polizist … ähhhh … Police Kommissar, Kriminalpolizei and you destroy the Ort … äh … of crime.«

»You are an German Police Officer of crime?«

Welle nickte und war beruhigt, dass deren Englisch auch nicht besser klang.

Er rückte vorsichtig an den Neopren-Mann heran. Wo sich einst das Kinn befand, klafften Hautfetzen auseinander. Im freigelegten Kiefer waren allerlei Tierchen unterwegs. Würmer und Fliegen unterschiedlicher Spezies bahnten sich einen Weg durchs Fleisch-Labyrinth auf der Suche nach ihrem Überlebenselixier. Stirn, Augenpartie, Nase und Wangen schienen seltsam konserviert und frei von Madenbefall. Fäulnisgase hatten die schlanke Gestalt leicht aufgebläht. Der Torso wurde vermutlich vom Taucheranzug zusammengehalten. Der intakten oberen Gesichtshälfte nach zur urteilen, handelte es sich wohl um einen jungen Burschen. Ziemlich schnell entdeckte Welles geschultes Auge auf der Herzseite ein rundes Loch und Risse im eng anliegenden Taucheranzug.

»Look here.«

Die Beamten überschlugen sich in Diskussion, bis der ältere von beiden zum Handy griff.

»The colleague from homicide squad in Athens will be coming here. So we must wait. Do you like an frappe and water?«

Welle verstand irgendetwas mit Warten auf Kollegen aus Athen, aber was war mit Frappe?

»Sorry, what?«

»Do you like water and cold coffee?«

»Oh yes, please. And water for my dog.«

Der Jüngere fuhr weg.

»My name is Wellendorf-Renz, and what's your name?«

»Me lene Sotirias.«

Zusammen setzten sie sich auf das Plateau und schwiegen, bis geraume Zeit später der Kollege mit einer großen Tüte mit der Aufschrift *Black Fores*t zurückkam. Welle lachte.

»I am from the Black Forest.«

»Pos? Sen katalawa. Sorry, what?«

»I live into the Black Forest. It's in South Germany, a place with a lot of trees.« Welle suchte nach dem richtigen Wort für Tannenbaum. »Christmas trees«, rutschte es ihm schließlich heraus.

»Ah«, meinte Sotirias lachend. »Christmas trees are beautiful.« Zur Unterstützung seiner Aussage hielt er den rechten Daumen nach oben gestreckt.

Welle goss das mitgebrachte Wasser für Trollinger in eine faltbare Schüssel, die er immer in seinem Rucksack hatte. Gierig stürzte der Rüde sich darauf. Dem Pforzheimer war klar, dass die beiden Polizisten ihn nicht wirklich verstanden, aber das war ihm egal. Aus der Tüte kamen leckere Köstlichkeiten zum Vorschein. Trollinger fixierte die Tüte und sabberte. Genüsslich vertilgte Welle erst ein berlinerartiges Gebäck, der Staffordshire bekam ein Versucherle. Dann nahm er sich etwas, was nach einer Nussschnecke aussah. Geschmacklich war das Teilchen allerdings um ein Hundertfaches süßer. Leicht angewidert von diesem Gaumenerlebnis griff er nach dem durchsichtigen Becher To Go. Vorsichtig zog er am Strohhalm. Das schwarze Gebräu forderte seine

Geschmacksnerven erneut heraus. Ihm kam es vor, als schlürfe er einen kalten Vierfach-Espresso ohne Zucker, mit dicken, bitterem Kaffeeschaum obenauf. Frappe eben. Er spülte kräftig mit Mineralwasser nach. Trotz allem ließe es sich aushalten, wenn da bloß nicht diese Leiche wäre. An eine Konversation war weiterhin nicht zu denken. Er nahm sich vor, im Winter einen Englischkurs an der Volkshochschule zu belegen.

Sie warteten drei Stunden, bis sich endlich Hubschrauber näherten. Die Beamten funkten und telefonierten um die Wette. Sotirias gab Zeichen, ihm zu folgen. Der Helikopter landete am Waldrand, drei Männer stiegen aus. Zwei PKW und ein Ambulanzwagen rumpelten über den Weg. Ein hochgewachsener dunkelhaariger, gut durchtrainierter Mann kam auf Welle zu.

»Ich bin Kommissar Georgios Diamantopoulos von der Mordkommission in Athen, und Sie sind Herr Wellendorf-Renz?«

»Ja, der bin ich. Peter Wellendorf-Renz.« Welle streckte dem Ankömmling seine Hand zur Begrüßung entgegen.

»Ich bin froh, dass jemand Deutsch spricht. Sie glauben nicht, wie unprofessionell diese Herren vorgegangen sind. Es gab keine Fundortsicherung, im Gegenteil, der Jüngere kletterte auf den Baum, um den Toten herunterzukatapultieren. Ich kann es immer noch nicht fassen.«

Der griechische Kollege war sichtlich beeindruckt von Welles Unmut.

»Ich möchte mich für die Beamten entschuldigen. Mir wurde gesagt, Sie seien Polizist?«

»Ja, das heißt, ich bin pensioniert und wirke mal hier und da noch ein bisschen mit, als Sonderermittler sozusagen. Ich war Kriminalhauptkommissar bei der Pforzheimer Polizei und bin seit ein paar Jahren aus gesundheitlichen Gründen im Ruhestand.«

»Aus Pforzheim? Dann kennen Sie vielleicht Torsten Maier? Ich habe ihn bei einem Seminar in München kennengelernt und hatte bis vor einem Jahr Kontakt zu ihm.«

»Maier, natürlich. Er war in meiner Abteilung, ein fähiger Mann. Im Frühjahr ließ er sich nach Hamburg versetzen.«

»Sie waren sein Chef? Was für ein Zufall, dann will ich offen mit Ihnen reden. Gehen wir zum Fundort. Ah, Michalis, ela so! Darf ich Ihnen unseren Rechtsmediziner Michalis Karmisou vorstellen, er spricht auch perfekt Deutsch.«

»Freut mich, Sie kennenzulernen«, sagte Welle.

Den Platz um die Leiche hatte man mittlerweile mit Absperrbändern gesichert, die Spurensucher begannen mit der Arbeit.

»Sehen Sie«, begann Welle, »ich habe einen Riss und ein Loch im Neoprenanzug in der Nähe des Herzens entdeckt. Das sieht verdächtig nach einem Messerstich aus. Aber mir ist völlig unklar, wie ein Mann im Taucheranzug auf einen Baum gelangen soll. Taucher hängen nicht einfach in Bäumen herum. Übrigens, es fehlen alle Tauchutensilien.«

»Ich muss Ihnen leider widersprechen, tote Taucher in Bäumen gibt es leider häufiger. Die Löschflugzeuge saugen sie beim Befüllen des Wassersacks oder der Tanks mit ein. Später werden sie über brennenden Waldflächen abgelassen. Schon ist Ihr Taucher da, wo er nicht hingehört.«

»Sie wollen mich auf den Arm nehmen?«

»Nein, das liegt mir fern.«

»So etwas gibt es tatsächlich?« Welle war fassungslos.

»Ja, leider. Aber hier stimmt etwas nicht, weil die Gerätschaften fehlen, wie Sie erwähnt haben. Das hätten die Beamten aus Megara bemerken müssen. Michalis, hast du schon eine Vermutung?«

»Schwierig, der Waldbrand war vor zehn Tagen. Das entspricht nicht ganz dem Zustand der Leiche.«

»Und die Todesursache?«

»Kann ich dir erst sagen, wenn ich ihn auf dem Tisch hatte.«

»Also dann Abmarsch, an die Arbeit. Wir sehen uns.«

»Ich schätze, dies ist der Standardsatz schlechthin. Unser Leichenfledderer benutzt ihn auch ständig«, meinte Welle.

»Das ist richtig. Es ist spät geworden. Wäre es möglich, dass wir morgen Ihre Aussage in Athen zu Protokoll nehmen? Sie haben Urlaub, ich weiß, aber ist es trotzdem für Sie in Ordnung? Ich würde mich jedenfalls freuen und könnte Sie morgen früh abholen lassen.«

»Mir bleibt wohl nichts anderes übrig, oder? Gut, gegen halb neun, dann kann ich mir sicherlich noch die Akropolis ansehen.«

Welle hatte Hunger und war im Begriff, leichte Kopfschmerzen zu bekommen. Der Tag war anstrengend gewesen, obwohl er eigentlich nichts gemacht hatte, außer zu warten. Kurzerhand schob er sein Schwächeln auf das Alter. Zügigen Schrittes marschierte er zu seinem Wagen, um sich auf den Rückweg zu machen.

In Psada fand er ein lauschiges Plätzchen. Eine Taverne ganz am Ende des Strandes hatte es ihm angetan. Er verputzte gegrillten Kalmar mit Kartoffelschnitzen und griechischem Salat. Dazu gab es einen herben roten Landwein, der von einem Privatmann in Alepochori hergestellt worden war, wie ihm der Wirt verriet. Mit einem Ziegenknochen für Trollinger und der Ankündigung wiederzukommen, ließ er den Abend ausklingen.

★

Gegen zehn Uhr am folgenden Tag stoppte ein junger Beamter vor der Pension in Porto Germeno sein Fahrzeug. Welle wartete seit geraumer Zeit und war nicht sonderlich gut gelaunt. Halb neun war verabredet gewesen, nicht zehn Uhr. Vergebens versuchte ihm Sofia zu erklären, dass die Uhren in Griechenland etwas anders tickten.

Die Fahrt nach Athen ging schneller vorüber als gedacht. Mit dem Fahrer war kein Gespräch möglich. Welle ließ das Großstadtflair auf sich wirken, zuckte hier und da zusammen, als er eine Kollision nahen sah. Kurioserweise blieb ein Zusammenstoß aus. Der Wagen hielt schließlich vor einem großen weißen Bauwerk nahe dem Parlament.

»Wow, was für ein Gebäude«, entfuhr es Welle, nachdem er die Wagentür geöffnet hatte.

»Da staunen Sie wohl, wir sind erst vor Kurzem hierher umgezogen.« Die angenehme Stimme von Georgios

Diamantopoulos kam wie aus dem Nichts.

»Hallo, freut mich, Sie zu sehen.«

»Ganz meinerseits. Ich wollte Sie vor meinem Chef warnen, er hat Erkundigungen über Sie eingeholt.«

»So, so, wenn er mich gleich wieder hinauswirft, werden die Auskünfte wohl negativ gewesen sein«, ulkte Welle.

Die beiden betraten das großzügige Treppenhaus, das in schlichter Eleganz und kühlem Marmor gehalten war. Missbilligende Blicke trafen zunächst den Vierbeiner, dann Wellendorf-Renz.

»Griechen und Hunde, ein Streitthema«, sagte Diamantopoulos.

»Kalimera, kirios Wellendorf-Renz, ich freu mich, Ihre Bekanntschaft zu manchen. Ihr Chef, Herr Musterer, schwärmt in den höchsten Tönen von Ihnen. Sie sehen, ich habe mich über Sie erkundigt, schließlich sind Sie, nein, waren Sie, ein Fremder für uns. Ich bin begeistert, dass Sie uns helfen wollen.«

Mit diesem Redeschwall hielt der kleine, untersetzte Mann namens Nikos Malestos Welle die Hand hin.

»Kommen Sie rein, nehmen Sie Platz, Frappe und ein kleiner Imbiss sind gerichtet.«

Welle staunte nicht schlecht über die Einrichtung. So ein Büro hätte er sich erträumt.

Luxus, aber kein Geld im Staatssäckel. Außerdem, wer sagt, dass ich hier helfen will?, ging es ihm spontan durch den Kopf. Er zwang sich, seinen Gedankensprung niemanden anmerken zu lassen.

»Sehr freundlich, herzlichen Dank«, sagte er laut.

»Sie bekommen von mir die Erlaubnis, dem Kollegen

Diamantopoulos mit Rat und Tat zur Seite zu stehen, wenn Sie wollen. Sie wollen doch?« Der kleine Mann schaute über seine Brille direkt in Welles blaugraue Augen.

»Da bin ich erst mal sprachlos. Ich will hier Urlaub machen. Also, wenn Sie einen Rat benötigen, stehe ich Ihnen gerne zur Verfügung, aber bitte, Ihre Mordfälle müssen Sie schon selbst lösen.«

»Fein, ich freue mich auf die Zusammenarbeit. Wie gefällt Ihnen Griechenland? Sind Sie das erste Mal hier?«, fragte Malestos.

Welle glaubte sich in einem falschen Film. Das konnte ja heiter werden.

»In der Tat, ich war noch nie hier. Ich bin beeindruckt von dem Gebiet um Porto Germeno, Psada und Alepochori. Mein erstes Statement zu Athen: Es ist sehr heiß und eine Menge Verkehr. Aber stellen Sie mir gerne die Frage erneut zum Ende meines Urlaubes.«

»Das mache ich. Nun greifen Sie aber zu. Ich habe die Häppchen extra herzhaft richten lassen. Zu viel von den in Honig ertränkten Backwaren vertrage ich auch nicht«, sagte Malestos.

Welle kam der Aufforderung nach und bestätigte den guten Geschmack. Nur der Frappe ließ ihn wieder schütteln.

»Buh, der ist aber verdammt stark und weckt Tote.«

»Nehmen Sie etwas Zucker und Milch, dann wird er milder. Würden Sie mich nachher bitte in die Gerichtsmedizin begleiten?«, fragte Diamantopoulos.

»Und Trollinger?«

»Den lassen wir beim Direktor. Wir sind in einer halben Stunde zurück.«

 †

Während der kurzen Fahrt konnte Welle einen Blick auf die Akropolis werfen.

»Wann ist die beste Zeit, um dort hinaufzuklettern?«

»Früh am Morgen. Da ist es nicht zu heiß und die Chance, über ein smogfreies Athen zu schauen, ist am günstigsten. Sie müssen mir Bescheid geben, wann Sie den Ausflug vorhaben, dann können wir uns in der Plaka zum Mittagessen treffen.«

Der Sektionssaal glich einem riesigen Operationsraum. Grelles Neonlicht, Wände und Boden weißgefliest. Der Geruch, eine Mischung aus verwestem Fleisch, Blut und Desinfektionsmitteln, ließ Welle kurz würgen.

»Ich konnte mich nie an diesen Geruch gewöhnen. Vor allem, wenn er sich in Haaren und Kleidung festgesetzt hat, sodass ausgiebiges Duschen und der beste Kaugummi nichts halfen. Einfach eklig.«

»Hier nehmen Sie eine Nase von dem japanischen Heilpflanzenöl, das hilft. Ich hab das Zeug immer einstecken.«

Mit einem Lächeln reichte Diamantopoulos Welle das Fläschchen.

»Kalimera, Michalis, wie weit sind Sie?«

»Kalimera, sas.«

Diamantopoulos trat an den Sektionstisch und warf einen Blick in den inzwischen ausgeweideten Körper. Der war im perfekten Y-Schnitt von beiden Schultern bis zum Brustbein geöffnet, und von dort senkrecht hinunter bis zur Scham. Die Rippen waren durchtrennt, die Organe lagen auf dem Stahltisch gegenüber. Ein Helfer war gerade dabei, die Eingeweide in den Körper zurückzulegen.

Wellendorf-Renz' Blick fiel auf ein Projektil.

»Wo kommt das denn her?«, fragte er.

»Es war ein Schuss. Schauen Sie, die Waffe hatte einen starken Rechtsdrall. In jedem Fall eine 38er.« Dabei deutete Michalis Karmisou auf die spezifischen Verfeuerungsspuren, die auf dem Projektil sichtbar waren. »Das Projektil steckte in der Rückenmuskulatur fest. Der Ballistiker identifizierte es als ein Wadcutter-Bleigeschoss mit einem Gewicht von neun Komma drei acht Gramm. Diese Munition wird meist von Sportschützen benutzt, die auf Pappscheiben schießen. Schmauchspuren haben wir nicht gefunden. Aber fangen wir von vorne an. Der Tote ist männlich, einhundertvierundachtzig Zentimeter groß, muskulöse, durchtrainierte Figur, mittelblonde kurze Haare, circa achtundzwanzig Jahre alt. Rücken, Hände, Arme und Beine sind völlig zerschunden. Quetschungen, Prellungen, Schürfwunden, alle post mortem. Abgesehen vom Einschuss und der Stichverletzung. Der Messerstich führte zum Tod, wobei das Opfer an der Schussverletzung ohnehin gestorben wäre. Die anderen Verletzungen stammen sehr wahrscheinlich vom Einsaugen in den Wassersack und der unsanften Landung in den Baumwipfeln. Die Fußsohlen sind leicht angekohlt. Ich vermute, der Baum war noch nicht völlig gelöscht, als er dort zum Hängen kam.«

»Gott, was für ein Drama. Sie sind sich sicher, dass der arme Kerl tot war, bevor er im Baum landete?«, fragte Welle.

»Ja, hundertprozentig. Die Einschusswunde ist ein sogenanntes Koma, zwei Zentimeter mal ein Zentimeter groß und sternförmig aufgeplatzt. Der Schusskanal verläuft leicht abwärts durch den Körper und hat den rechten Ober- und Mittellappen der Lunge verletzt. Außerdem ist der Truncus pulmonalis verletzt.«

»Der was?«, fragte Diamantopoulos.

»Ein großer Arterienstamm nahe dem Herzen. Er hat dadurch locker zwei Liter Blut verloren, ein schleichender Tod.«

»Verstehe ich Sie richtig, dass der Mann tot war, bevor er ins Meer verbracht wurde, und der Messerstich erfolgte nach dem Schuss?«

»Ja, vielleicht wollte man ihn erlösen oder einfach nur auf Nummer sicher gehen. Im Wasser war er in jedem Fall, denn unter den Finger- und Fußnägeln fanden wir Spuren von Meeresmikroorganismen, der Taucheranzug weist getrocknetes Salz und eingetrocknetes Blut auf. Die meist nicht angegangenen Hautteile sind mit einer Schicht Fettwachs überzogen, das einen konservierenden Effekt hat. Aber viel länger als eine Woche war er nicht im Wasser, sonst hätten ihn die Fische mehr angeknabbert. Hier sehen Sie selbst.«

Er deutete auf die angenagten Finger und Zehen nebst fehlender Hautstückchen.

»Der absteigende Schusskanal sollte darauf hindeuten, dass das Opfer saß. Wahrscheinlich in einem Boot«, sagte Welle.

»Das ist möglich, zumindest war der Täter über ihm«, nickte der Rechtsmediziner.

»Der Körper ist relativ gut erhalten, das hätte ich nicht vermutet. Aber was ist mit dem Kinn? Warum ist gerade die Kinnpartie von der Verwesung betroffen und nicht auch mit dieser Wachsschicht überzogen?«, wollte Welle wissen.

»Da kann ich nur Vermutungen anstellen. Um die Frage zu beantworten, müsste sich das ein Biologe ansehen.«

»Die Option halten wir uns mal offen. Verdammt gute Arbeit«, lobte Diamantopoulos. »Wann kann ich deinen Bericht erwarten?«

»Heute Nachmittag, wenn nicht wieder etwas dazwischenkommt.«

»Danke, Michalis, schönen Tag noch.«

Welle holte tief Luft, als sie die Rechtsmedizin verließen.

»Das war wirklich außerordentlich gute Arbeit in solch einer kurzen Zeit, meinen vollsten Respekt! Ich bewundere die Rechtsmediziner, was die so alles aus einem Toten rausholen, im wahrsten Sinn des Wortes. Im Gegensatz zu den beiden aus Megara … für ihre Dummheit sollten sie suspendiert werden.«

»Oh, wie wahr, Herr Wellendorf-Renz, aber wir haben kein Personal. Glauben Sie mir, gäbe es nicht Notstand, würden sie suspendiert. Seit Michalis hier ist, können wir auf das gesamte Rechtsmedizin-Team stolz sein. Sie sind sehr gut und haben richtig was bewegen können.«

»Sie können mich gerne Welle nennen. Ich weiß, dass mein Nachname fürchterlich lang ist.«

Schweigsam fuhren sie zurück zum Präsidium.

Trollinger führte einen Freudentanz auf, als wäre er wochenlang ohne sein Herrchen gewesen.

»Ist ja gut, du treue Seele«, tätschelte und kraulte er seinen Vierbeiner.

»Kommen Sie«, sagte Diamantopoulos. »Wir nehmen Ihre Aussage auf und trinken einen Frappe dazu.«

»Dürfte ich um einen normalen Kaffee bitten? Zuviel von dem starken Zeug scheint mir nicht zu bekommen.«

†

Das Protokoll war schnell getippt und unterschrieben, der Kaffee und das dazu gelieferte Gebäck schmeckten köstlich.

»Was denken Sie über die Sache?«, wollte Diamantopoulos wissen.

»Hm, das ist nicht einfach für mich. Bei uns hängen üblicherweise keine toten Taucher in Bäumen herum. Der Mann sieht nicht unbedingt wie ein Grieche aus oder gibt es hellblonde Griechen?«

Diamantopoulos lachte auf. »Ab und an ist auch mal ein Blonder und Blauäugiger darunter.«

»Fragen Sie mich noch einmal, wenn die Identität feststeht. Vorher ist alles nur ein Rätselraten.«

»Heißt das, Sie werden mich unterstützen? Das würde mich außerordentlich freuen, denn ich denke, ich kann von Ihnen noch einiges lernen.«

»Sie schmeicheln mir. Ich habe Urlaub und werde ihn genießen. Wenn Sie mich dann zufällig aufsuchen und mich irgendwo hinschleppen, kann ich sicherlich nicht Nein sagen.«

»Schön, dann lade ich Sie für heute Abend zum Essen bei meiner Mutter in Alepochori ein. Sie möchte Sie unbedingt kennenlernen und hat schon mit den Vorbereitungen angefangen. Sie können also nicht abschlagen. Gegen neunzehn Uhr?«

»Aus der Nummer komme ich nicht mehr raus, richtig?«

»Richtig! Hier ist die Adresse, ich freue mich. Der Kollege von heute Morgen fährt Sie zurück nach Porto Germeno. Und ich möchte mich ganz herzlich bei Ihnen bedanken, Sie sind einfach toll!«

†

Fasziniert hielt Welle seinen Blick nach links gerichtet. Die gutbefahrene dreispurige Autobahn lief parallel zum Meer entlang, so konnte er einige große Tankschiffe beobachten. Zwei weiße Jachten wirkten daneben wie tanzende Libellen. Hohe Abfackelungskamine einer Ölraffinerie mit ihren Flammen, daneben die Kuppeltanks zur Lagerung, die Größe des Geländes und ein unangenehmer Geruch ließen ihn die Nase rümpfen. Immer wieder bildeten sich kurze Staus vor den Autobahnmautstellen stadtauswärts. Bis nach Megara zählte Welle vier, an denen der Fahrer insgesamt sieben Euro zahlte. Ziemlich happig, wie er fand.

†

Kapitel Vier

In Porto Germeno genehmigte sich der Ex-Kommissar einen Imbiss und hielt im Anschluss Siesta. Am Abend fuhr er nach Alepochori.

Freudig begrüßte ihn Diamantopoulos und führte ihn gleich auf die Terrasse, wo er seine Mutter Tula vorstellte. Welle begrüßte sie überschwänglich und konnte fortan seine Augen nicht mehr von ihr lassen.

»Ich habe uns eine Flasche Wein für heute Abend mitgebracht. Sie müssen entschuldigen, aber ich habe keine Gärtnerei gefunden, gibt es hier überhaupt Frischblumen?«

Was redete er da für einen Blödsinn? Frischblumen bei dieser Hitze. Gott musste ihm beistehen. Diese Frau war äußerst attraktiv, so groß wie er und von schlanker Statur. Ihre dunkelbraunen, mandelförmigen Augen, umrahmt von zarten Lachfältchen, strahlten ihn an.

»Ich hätte Sie für verrückt erklärt, wenn Sie mit einem Blumentopf aufgetaucht wären. Ich freue mich sehr, dass Sie der Einladung gefolgt sind. Mein Sohn hält große Stücke auf Sie, da war ich natürlich neugierig.«

Der Versuch, des anderen Gedanken zu erraten, gepaart von kurzer Ratlosigkeit machten sich breit.

»Oh je, das kann ja lustig werden.« Diamantopoulos unterbrach die ungewöhnliche Situation und reichte jedem ein Glas eiskalten Ouzo mit Wasser.

»Jamas.«

»Wie bitte?«

»Jamas heißt prost!«

»So habe ich auch noch keinen Ouzo getrunken. Wenn wir in Deutschland beim Griechen waren, gab es ihn immer pur. Mit Wasser ist er ja ein Longdrink … Jamas … hm, lecker. Wo ist eigentlich mein Hund?«

»Im Schatten, dort unter der Phoenixpalme«, sagte Tula und verzog sich in die Küche.

»Welle«, begann Diamantopoulos.

»Wie wäre es mit Du? Ich bin Peter.«

»Sehr gerne, darauf trinken wir noch einen. Ich heiße Georgios. Jorgo gesprochen oder Georg, wie du willst. Auf gute Zusammenarbeit. Jamas!«

»Prost.«

»Wo haben Sie und Ihre Mutter so perfekt Deutsch gelernt?«

»Du!«, korrigierte Diamantopoulos.

»Entschuldige, woher könnt ihr so gut Deutsch?«

»Mama ist in Deutschland geboren. Meine Großeltern waren Griechen und arbeiteten beide in München. Als Mama siebzehn Jahre alt war, gingen sie wieder zurück nach Griechenland. Mein Vater war Deutsch-Grieche. Ich wuchs zweisprachig auf. Habe später in München studiert und beim Landeskriminalamt als psychologischer Profiler gearbeitet. Bei der Athener Kriminalpolizei bin ich erst seit einem halben Jahr. Unser Toter ist mein erster großer eigener Fall. Deshalb bin ich dankbar, dass Gott … Sie … ich meine dich, mir geschickt hat.«

»Nein, mein Lieber, das war nicht Gott. Das war Trollinger, er hat den Toten gewittert. Als Profiler hast du also gearbeitet …«, Welle nickte anerkennend. »Dann hast du die besten Voraussetzungen, deine Fälle zu lösen. Hat sich denn bis zum Abend noch etwas ergeben?«

»Ja, Michalis hat den Bericht geschickt und ein Tattoo am rechten Schulterblatt erwähnt. In seinem Übereifer hat er vergessen, es uns zu zeigen. Hier ist es.«

Diamantopoulos hielt Welle ein Foto hin.

»Nicht viel davon übrig.« Langsam drehte er es im Uhrzeigersinn. »Sieht aus wie eine Krone. Das hier könnte ein Schlüssel sein, schau.«

»Das stimmt. Und was bedeutet der Strich hier? Oder was ist das?«

»Keine Ahnung. Habt ihr das Foto durch den Computer gejagt?«

»Die Kollegen sind dabei. Wenn sie etwas finden, rufen sie an. Ich werde morgen ein Büro in Megara beziehen, wegen der Vorort-Ermittlungen. Wir fangen mit den Befragungen in der Umgebung an, vielleicht hat jemand etwas gesehen. Gewohnt haben muss der Tote auch irgendwo. Hotels, Pensionen und private Zimmervermietungen müssen überprüft werden. Apropos, komm mal mit, ich zeige dir das Haus. Unsere Ferienwohnung ist frei, und wenn du magst, kannst du hierher umsiedeln.«

Das Haus war gemütlich eingerichtet, mit offenem Kamin für die Wintermonate und einer großen Essküche, aus der es köstlich duftete.

»Tula, was brutzeln Sie Feines?«

»Es ist bald fertig, du wirst es mögen, ein *Stifado*. Ich darf dich doch auch duzen?«

»Aber natürlich darfst du.«

Welle stand in der Küchentüre und beäugte die Griechin.

Er konnte ihr Alter nicht schätzen, ordnete sie aber in seiner Altersklasse ein. Es zu erfragen schickte sich nicht. Die schwarzen, leicht mit grauen Strähnen durchzogenen Haaren, trug sie mehrfach verschlungen und zusammengebunden. Er fragte sich, wie lang diese Haarpracht wohl sei und wie sie mit offenem Haar aussehen würde. Tula errötete unter seinen Blicken, wenn auch nur leicht.

Diamantopoulos räusperte sich. »Peter? Die Ferienwohnung.«

»Äh … ja.«

Die obere Etage war das Ebenbild des Untergeschosses. Die Einrichtung etwas schlichter, aber gleichermaßen gemütlich.

»Warum vermietet ihr nicht?«

»Als Papa noch lebte, war die Wohnung zweimal vermietet. Nach seinem Tod vor knapp vier Jahren wollte Mama keine Fremden mehr im Haus haben.«

»Ich bin auch ein Fremder«, sagte Welle ernst.

»Nein, nicht wirklich. Du bist Polizist, und du hilfst mir.«

»Ela! Fai!«, schallte Tulas Stimme durch das Haus.

»Essen ist fertig, lass uns runtergehen.«

»Das schmeckt verdammt gut. Das Fleisch zergeht auf der Zunge. Allerdings befürchte ich, dass die vielen Zwiebeln heute Nacht ein Eigenleben entwickeln.« Welle, eigentlich gut erzogen, schmatzte ein wenig und tupfte sich den Mund mit der Serviette ab.

Nach einem gelungenen Festmahl und gegenseitigen Austausch von Komplimenten saßen die drei bei einem Glas Wein zusammen.

»Peter …« Tula begann unsicher. »Möchtest du in die Ferienwohnung einziehen? Ich würde mich sehr freuen, und wenn Georgios abends nach Hause kommt, könntet ihr fachsimpeln.«

»Ich weiß nicht, das ist ja wirklich nett gemeint, aber …«

»Kein Aber. Du kannst deine Tagestouren auch von hier aus machen, und wenn du magst, kann ich dir ein paar Sehenswürdigkeiten zeigen.«

Welle zögerte, wog ab. Das Angebot reizte ihn durchaus, nette Leute zum Plaudern, eine kostenfreie Fremdenführerin und überhaupt, eine saumäßig reizende Fremdenführerin ...

Schweigend blickte er von einem zum anderen. Diamantopoulos grinste breit und nippte am Wein.

»Schön, überredet. Aber ich muss schauen, wann meine Pensionswirtin mich gehen lässt, schließlich habe ich für eine Woche fest zugesagt.«

★

Als Welle gegen dreiundzwanzig Uhr zurück in Porto Germeno war, setzte er sich gemütlich auf eine Bank, Trollinger zu seinen Füßen. Die Wellen brachen sich gespenstig schön im Mondlicht. Er schloss die Augen und lauschte dem Meer. Seine Gedanken schweiften ab.

Seit dem Tod seiner Erika … Scheiß Unfall! Scheiß, Scheiß, Scheiß! … hatte es kein weibliches Wesen geschafft, seine Aufmerksamkeit zu gewinnen. Und dann Tula heute Abend. Er war sich sehr sicher, nie wieder eine Frau haben zu wollen. Tula. Und jetzt das! Perfektes

Äußeres. Keine Sprachbarriere und diese Herzlichkeit …

Er seufzte, zog spontan sein Handy aus der Tasche und drückte die Kurzwahl.

»Hey, Peter, na, schon eine Leiche gefunden?« Kuhlmann begrüßte ihn fröhlich.

»Ja, leider. Aber deswegen ruf ich nicht an. Ich brauche einen Rat. Ich habe vermutlich Flugzeuge im Bauch und weiß nicht, ob ich das verantworten kann.«

»Wie jetzt, du hast eine Leiche gefunden? Du versäckelst mich.«

»Nein, tue ich nicht. Ein toter Taucher in einem verbrannten Baum, aber das erzähle ich dir jetzt nicht. Das sprengt die Telefonkosten.«

»Ein Taucher? Im Baum? Na, auf den Bericht bin ich gespannt. Was ist mit deinem Bauch? Hast du dich etwa verliebt?«

»Nein, nein … vielleicht, aber eher nein. Also, um ehrlich zu sein, ich befürchte es. Aber Erika … ich weiß nicht.«

»Peter, Erika ist tot. Eine lange Zeit ist seither vergangen. Sie hätte sicherlich nicht gewollt, dass du deinen Lebensabend alleine verbringst. Wenn du jetzt jemanden triffst, der deine Launen erträgt, dann lass es zu.«

»Hm. Ich warte mal ab. Launen? Was für Launen meinst du? So schlimm bin ich doch gar nicht.«

»Nicht mehr! Halte die Ohren steif, alter Kumpel, und noch einen schönen Urlaub!«

»Danke. Ade.«

Welle drückte das Gespräch weg und stierte vor sich hin.

»Jetzt bin ich genauso schlau wie vorher, Trollinger. Wo steckst du eigentlich?«

Der treue Vierbeiner kroch müde unter der Bank hervor.

»Braver Hund komm, lass uns schlafen gehen!«

†

Kapitel fünf

Welle erklärte während des Frühstücks Sofia die Situation. Sie hatte volles Verständnis dafür, dass er sich den Ermittlungen widmen musste. Wie ein Lauffeuer hatte sich die Nachricht in Porto Germeno verbreitet: Der deutsche Kommissar hatte einen Toten gefunden und ermittelte nun mit der griechischen Polizei.

Am späten Vormittag traf er mit Sack und Pack in Alepochori ein. Tula strahlte, als sie ihm die Tür öffnete und ihn hineinbat. Ihr Lächeln tat ihm gut, und er ließ sich gut gelaunt in die Ferienwohnung führen.

»Guten Morgen, Peter!« Welle hatte gerade ausgepackt, als Georgios auftauchte. »Schön, dass du es dir überlegt hast. Willkommen in Alepochori.«

Georgios Diamantopoulos hatte wenig übrig für die Besichtigung von Welles frisch eingerichtetem Zimmer. »Das Tattoo könnte, mit viel Fantasie, das Wappen des Papstes darstellen. Schau mal hier!«

Diamantopoulos klappte seinen Laptop auf. »Was sagst du dazu?«

Welle zog sich einen Stuhl heran und betrachtete den Bildschirm.

»Papstwappen kann nicht sein, die haben ihr eigenes Wappen im Wappen. Aber der Grundstock, wenn ich das einmal so nennen darf, könnte hinkommen. Zumindest ist es das Wappen des Vatikans. Die Krone, ja, sieh hier … könnte stimmen und unser vermeintlicher Schlüssel auch. Das fehlende Stück im Tattoo könnte durchaus der zweite Schlüssel sein. Sind das überhaupt Schlüssel oder eher Bischofsstäbe?«

»Keine Ahnung, das ist das Einzige, was wir haben. Sollte es ein Fantasie-Tattoo sein, haben wir nichts. Bin gespannt, ob der Tote irgendwo auf Gottes Erdboden vermisst gemeldet wurde. Die Interpol-Anfrage wurde gestern Nacht noch gestartet.«

»Papst, Vatikan, Italien«, grübelte Welle laut. »Wie ein Italiener sieht er auch nicht gerade aus.«

»Hast du Lust mitzukommen? Ich will die Ortschaften in Richtung Loutraki aufsuchen und die Leute zu unserem Toten befragen.«

»Ja gut, gerne.«

Welle genoss die Fahrt auf der schmalen Küstenstraße und ließ seinen Blick immer wieder über das Meer schweifen.

»Wusste gar nicht, dass Asterix auch hier war.«

»Asterix?«

»Ja, der Comic-Held. Du kennst Asterix und Obelix?«

»Klar, aber wie kommst du darauf?«

»Na, da im Meer, der Felsbrocken sieht aus wie der Hinkelstein!«

Diamantopoulos blickte in den Rückspiegel und lachte. »Stimmt, ist mir noch nie aufgefallen.«

Das erste Dorf war erreicht. Oder besser, drei einsam stehende Häuser.

»Wohnt hier etwa jemand?«, fragte Welle erstaunt.

»Zumindest in der Ferienzeit und an den Wochenenden.«

Während Diamantopoulos zu den Häusern ging, schaute sich Welle mit Trollinger bei einer Garage um, aus der ein altes Fischerboot lugte. Das Boot war derart durchlöchert und verrostet, dass damit in den letzten Jahren sicher niemand mehr unterwegs gewesen war.

Die Bewohner, acht an der Zahl, taten erstaunt, erkannten den Toten auf dem Foto nicht.

Fünf Minuten später ging die Fahrt schon weiter. Nächster Stopp war Mavrolimni, hier hatte Diamantopoulos länger zu tun. Er graste sämtliche Häuser mit Mietzimmern ab, während Welle und Trollinger in Hinterhöfe blickten und sich die Fischerboote im kleinen Hafen ansahen. Welle strebte auf ein kleines Kafenion im Hafen zu, vor dem mehrere Männer saßen. Ganz ungeniert fragte er in die Runde, ob jemand anwesend sei, der Deutsch spräche. Nach kurzem Zögern trat ein alter Mann hinter ihn.

»Ja. Was möchten Sie?«

»Hauptkommissar Wellendorf-Renz …«

»Könnten Sie bitte Ihren Hund …«

»Trollinger, Platz!« Der Hund legte sich in den Staub und platzierte seinen Kopf auf die Pfoten.

»Besser so? Also, Hauptkommissar Wellendorf-Renz, ich helfe einem Kollegen aus Athen in einem Mordfall und möchte Sie fragen, ob einer von Ihnen diesen Mann kennt?«

Welle überreichte das Foto. Der Alte sah es sich an und gab es stumm an die anderen Männer weiter. Der Sonderermittler erforschte die Gesichter, zerfurcht und von der Sonne gebräunt. Raue Hände hielten das Foto. Der

Letzte, der das Bild in die Hand bekam, stutzte kurz und begann, wie ein Wasserfall zu reden, um dann zu verstummen.

»Konstantinos ist sich ziemlich sicher, dass vor circa drei Wochen zwei Männer in einem Auto mit Athener Kennzeichen nach diesem Mann gefragt haben. Allerdings hätten die ein anderes Foto gehabt, auf dem der Mann hier in einer Uniform abgebildet war. Haben Sie kein besseres Bild? Nur anhand der Augen, der Nase und dieses merkwürdigen Kinns ist es schwer«, übersetzte der Alte. Professionelle Retuscheure hatten im Polizeipräsidium per Bildbearbeitungsprogramm dem Toten wieder ein Kinn verpasst.

Noch bevor Welle etwas erwidern konnte, legte Konstantinos abermals los. Welle zog in der Zwischenzeit einen Notizblock und einen Kuli aus seiner Hosentasche.

»Er sagt, die Männer waren Mafiosi, sie trugen identische Sonnenbrillen.«

»Mafiosi? Nur wegen der Sonnenbrillen?«

»Nein, sie sprachen Italienisch.«

»Bitte fragen Sie ihn, ob er zufällig die Uniform auf dem Foto beschreiben kann.«

Die Antwort schien kurz.

»Rot, gelb, blau gestreift. Pumphosen. Wie bei einem Clownskostüm.«

Die anderen mussten lachen, schoben aber gleich »Signomi, signomi« nach.

»Signomi heißt Entschuldigung.«

Welle nickte.

»Wissen Sie denn, wo sich dieser Mann aufhielt oder wohin die beiden Italiener gefahren sind?«

Nach Konstantinos' gestenreicher Antwort übersetzte der Alte wieder.

»Er hat ihn draußen bei der Insel mit einem Fischerboot gesehen, da war noch ein blonder Mann dabei. Die haben sich ganz ähnlich gesehen. Beide hatten Taucheranzüge an. Das Boot gehört Nikos Andradisou aus Schinos.«

»Hat er das auch den Italienern erzählt?«

»Nein, hat er nicht. Mafiosi bekommen keine Antwort.«

»Ich bin Ihnen sehr dankbar, darf ich bitte Ihre Namen und Adressen haben?« Er gab dem Alten Block und Stift.

»Danke nochmals. Wir sehen uns sicherlich wieder.«

Welle verabschiedete sich und lief entlang der ankernden Boote zum Auto.

»Ja, da bist du ja. Ich muss dich unbedingt mit einem griechischen Handy ausstatten, damit ich dich erreichen kann«, rief ihm Georgios entgegen.

»Noch so ein Ding? Ruf mich doch auf meinem an! Hast du etwas herausgefunden?«

»Nein, nicht wirklich. Eine Beschreibung zweier Italiener, die nach unserem Toten gefragt haben sollen. Keine Angaben, wohin sie wollten, mehr habe ich nicht.«

»Ha, da war ich aber fleißiger.«

Gespannt hörte Diamantopoulos zu. Dann hellte sich sein Gesicht auf. »Ein Anhaltspunkt, super, auf nach Schinos! Ist gleich das nächste Dorf, die Straße entlang, lass uns fahren.«

»Die Straße, wie du diesen besseren asphaltierten Feldweg nennst, ist mehr als speziell«, bemerkte Welle, wobei er sich verkrampft am Türgriff festklammerte.

»Allerdings. Hier kommen öfter mal Steinbrocken herunter.«

»Was ist denn hier passiert, halt bitte mal an.«

»Anfang des Frühjahrs gab es hier einen großen Erdrutsch, dabei wurde die Kapelle zur Hälfte verschüttet.« Der griechische Kommissar bremste ab.

Welle stieg aus und ging über die Straße.

»Erdrutsch? Das Zeug fühlt sich wie Beton an.« Er betastete das steinharte Erdreich.

Links neben der Kirche klaffte ein knapp zehn Meter breiter Graben im Hang. Die Rinnen, in denen das Wasser herabgestürzt war, konnte man nicht übersehen.

»Was, wenn da jemand drin war?«

»Glaub ich nicht. Es wurde niemand vermisst«, antwortete Diamantopoulos trocken. »Schau mal runter zum Meer. Die Furchen hier sind auch nicht von schlechten Eltern.«

»Ach du lieber Himmel, die reichen ja bis ins Wasser. Diese Kräfte! Moment mal, ist das da unten ein Haus?« Welle deutete Richtung Ufer.

»Ja, die Menschen hatten mächtiges Glück. Zwanzig Meter weiter rechts und das Häuschen wäre platt gewesen. Der letzte Abgang mit gleichem Ausmaß an derselben Stelle ist etwa zwei Jahre her. Kleinere Abspülungen gibt es hier jedes Jahr im Frühjahr.«

»Und wann wurde die Kirche erbaut?«

»Im letztem Sommer.«

»Wie bitte, ist das ein Witz? Man weiß von Erdbewegungen in diesem Gebiet und baut eine Kapelle ausgerechnet an der Stelle, die garantiert abrutschen wird?«

»Ich könnte dir noch mehr solcher Plätze zeigen«, sagte Diamantopoulos achselzuckend.

»Da wundert es mich nicht, mein Lieber, dass dein Land nicht aus den roten Zahlen herauskommt.« Welle schoss ein paar Bilder und ließ den Anblick eine Weile auf sich einwirken.

»Das glaubt mir niemand, wenn ich das zuhause erzähle. Nun gut, lass uns weiterfahren. So langsam könnte ich auch etwas in den Bauch vertragen und Trollinger braucht Wasser, lässt sich das einrichten?«

»Ja sicher, in Schinos gibt es eine nette Taverne, ich kenne die Leute seit Jahren. Als mein Vater noch lebte, war ich mit meinen Eltern jeden Sonntag zum Essen dort. Wir nehmen einen kleinen Imbiss im kühlen Schatten, aber zuerst suchen wir diesen Andradisou, das dürfte nicht allzu lange dauern.« Er stoppte das Auto an der einzigen Tankstelle weit und breit.

»Bin gleich zurück, vielleicht bekomme ich hier Informationen.« Er stieg aus und verschwand im Verkaufsraum.

Welle starrte auf einen Geldautomaten.

Keine Kanalisation, ging es ihm durch den Kopf, aber mitten in der Pampa ein Geldautomat. Noch nicht einmal in Porto Germeno, in dem auf Touristen ausgerichteten Örtchen, gab es einen. Das verstand er nicht.

Georgios kam zurück, er schüttelte den Kopf. »Du glaubst es nicht, Andradisou starb vor drei Wochen auf seinem Fischerboot. Herzinfarkt. Zufall?«

»Ein bisschen zu viel der Zufälle für meinen Geschmack. Lass uns die Witwe aufsuchen oder gibt es keine?«

»Doch, wir parken auf dem Dorfplatz und gehen drei Schritte.«

›Andradisou‹ stand in geschwungener Schrift auf einer Holztafel an der Gartentür. Diamantopoulos betrat das Grundstück und klopfte am Haus.

»Ela! Ela mesa!«, rief eine weibliche Stimme.

»Ich gehe ein paar Meter mit Trollinger«, rief Welle über den Zaun, als Diamantopoulos ihn herbeiwinkte.

Der Ex-Kommissar saß im Schatten einer großen Palme und dachte über die beschriebene Uniform nach. Im Geiste ging er alle Institutionen, die er kannte, durch. Vergebens.

Nach knappen zwanzig Minuten kam Diamantopoulos aus dem Haus. »Ich glaube, die zwei Italiener haben Andradisou auf dem Gewissen. Lass uns in die Taverne gehen. Die Witwe beschrieb die Sonnenbrillen-Mafiosi ähnlich wie die Fischer, die du befragt hattest. Sie hätten ihren Mann geschlagen und mit Waffen herumhantiert, und zwar solange, bis er ihnen sagte, für wann die beiden Schweizer Brüder das Boot wieder gemietet hatten. Es handelte sich tatsächlich um Zwillinge. Einer liegt in der Kühlbox in Athen, wo suchen wir den anderen?«

»Schweizer? Italiener? Was denn nun?«, unterbrach Welle. »Moment, Schweizer Garde! Das ist es! Das Tattoo ist das Wappen der Schweizer Garde. Das Clownskostüm die Gardeuniform. Mensch, schau im Internet nach! Der Tote muss bei der Schweizer Garde gewesen sein.«

»Schweizer Garde? Du meinst ernsthaft die Leibwache des Papstes?«

Bevor Welle ihm eine Erklärung lieferte, bestellte er schnell verschiedene Vorspeisen und einen Landwein.

»Genau die meine ich!«, begann Welle. »Sie sichern den Palast, die Vatikanstadt und die Sommerresidenz des Papstes und sind für dessen persönlichen Schutz zuständig. Die Statur und die Größe unseres Tauchers könnten durchaus passen.«

»Warum eigentlich Schweizer? Warum nimmt man keine Italiener für die Bewachung?«

»Die Schweizer Söldner genossen im 15. Jahrhundert einen guten Ruf. Und so hat der damalige Papst seine Sicherheit den Schweizern anvertraut.«

»Zum Wohlsein, Peter. Wir kommen der Sache allmählich näher, das heißt, du kommst ihr näher. Prosit.«

»Prost. Quatsch nicht, ich mag diese Beweihräucherung nicht. Was ist dann mit Andradisou passiert?«

»Die Witwe erzählte, dass ihr Mann den Zwillingen von den ominösen Italienern berichtete. Beide wirkten daraufhin sehr verstört und rieten ihrem Mann und ihr, für kurze Zeit das Dorf zu verlassen. Das kam natürlich nicht in Frage, ein stolzer Grieche bleibt da, wo er hingehört. Die Bootsmiete bezahlten die beiden immer im Voraus, sodass der Kahn abends wieder festgemacht an seiner Boje lag. Ungewöhnlich war nur, dass der Schlüssel nach dem letzten Ausleihen steckte. Die Tage zuvor hätten sie ihn immer persönlich abgeliefert. Ach ja, gewohnt haben sie in einem Hotel in Loutraki.«

»Schmeckt vorzüglich«, lobte Welle. »Was ist das eigentlich?«

»Frischer Oktopussalat.«

»Jetzt würde mich nur interessieren, was zwei Schweizer, verfolgt von zwei Italienern, in Griechenland machen, von denen einer zum Schluss erschossen und im Taucheranzug in einem Baum hängt. Ergibt das überhaupt einen Sinn? Ich würde Polizeitaucher zu der Insel schicken. Sie sollen sich gründlich umschauen, man weiß ja nie.«

Der Athener Hauptkommissar griff zum Handy.

Während Welle genüsslich weiteraß, gab Diamantopoulos Anweisungen. »Übermittelt das Foto direkt an den Vatikanstaat sowie an die Schweizer Kollegen.«

Danach folgte ein Telefonat mit dem Polizeichef Nikos Malestos.

»Grüße vom Chef soll ich dir ausrichten. Er ist stolz auf dich, ja ich weiß, du magst das nicht, kann auch nichts dafür. Jamas!«

»Und nun? Wie weit ist Loutraki von hier?«

»Nur über den Berg, da hinten. Aber jetzt ist Mittagszeit, da schlafen die Griechen.«

»Wie bitte? Wir sind mitten in einer Ermittlung. Das Hotel wird ja wohl besetzt sein …«

»Täusch dich da mal nicht. Vor fünf Uhr brauchen wir nicht aufzutauchen. Oder wir verschieben es gleich auf morgen früh.«

»Du hast hier das Sagen, ich bin nur zufällig hier. Willst du Andradisou exhumieren lassen?«

»Ich ziehe es in Erwägung, aber seine Frau ist schon so fertig. Wenn wir jetzt ihren Mann ausbuddeln lassen … ich weiß nicht.«

»Fehler! Hab kein Mitleid, das behindert die Untersuchungen. Wenn du Mitleid zulässt, tust du dich umso schwerer, sachlich zu denken. Als psychologischer

Profiler sollte dir das bekannt sein.«

»Danke, Kollege, das hilft mir ungemein. Aber du hast recht. Herzinfarkt … das glaube ich auch nicht.«

Diamantopoulos griff erneut zu seinem Handy.

»Ich werde dann noch einmal zu der Witwe gehen. Magst du in der Zeit einen Kaffee?«

»Gerne.«

Welle machte es sich bequem, kraulte seinen Hund und genoss den Ausblick in die kleine Bucht. Seine Lider wurden schwer.

Was Tula wohl machte? Oh, oh, er dachte an sie, und die Flugzeuge im Bauch starteten. Wie konnte diese Frau ihn so in ihren Bann ziehen? Ihre etwas über die Schulter reichenden Haare schimmerten stets im Sonnenlicht. Ihre Augen strahlten Liebe und Wärme aus, und dieses Lächeln. Durfte er sich noch mal verlieben? Erika … sie waren seit ihrer Jugend zusammen gewesen. Wäre sie ihm böse? Tula! Verdammt aber auch. Konnte das überhaupt funktionieren? Sie lebte hier an diesem herrlichen Fleckchen Erde – und er liebte seinen Schwarzwald. Würde sie mit ihm kommen wollen? Irgendwann? Meine Güte, er konnte nicht mehr klar denken!

»Peter? Peter!« Diamantopoulos tippte ihn leicht an.

»Wer, was?« Welle schrak auf. »Oh, du bist schon wieder da?«

»Wo warst du denn in deinen Träumen? Du hast gegrinst bis hinter beide Ohren.«

»Sei nicht so neugierig. Was hat die Witwe gesagt?«

»Nachdem ich Mordverdacht geäußert habe, hat sie einer Exhumierung und Obduktion zugestimmt. Ich muss nach Megara, um eine kleine Soko zusammenzustellen.

Alleine schaffen wir das nicht. Es gibt so viele Dörfer, Pensionen und Privatzimmer. Für Loutraki nehmen wir vier Beamte mit.«

»Du willst die Fundstellenchaoten mitnehmen? Du brauchst Kriminalbeamte dazu und keine Pfeifen. Verzeih mir bitte.«

Diamantopoulos lachte. »Das wäre sinnvoll, aber in Hellas läuft das seit der Staatspleite etwas anders. Viele Kriminalbeamte wurden entlassen. Jetzt herrscht das Motto: Schau, wie du klarkommst, aber kläre auf. Wenn ich sie jetzt beurlauben lasse, stehe ich so gut wie alleine da.«

»Stört es dich, wenn du mich mitnimmst? Ich würde gerne durch Megara schlendern und außerdem bin ich neugierig, wie die dortige Polizeiwache aussieht.«

»Klar, herzlich gerne.«

Wieder musste Welle aus lauter Unverständnis heraus mit dem Kopf schütteln, als sie das zugeschüttete Kirchlein passierten.

»Absurd. Einfach absurd.«

In Alepochori stoppten sie kurz, um Tula ihre Pläne mitzuteilen.

Als Welle mit Trollinger das Polizeirevier in Megara betrat, trafen ihn herablassende Blicke. Diamantopoulos nahm diese offensichtlich wahr und startete einen Wutausbruch, der manch einen Polizisten rot anlaufen ließ. Sein Tonfall signalisierte eine Mischung aus ›stinksauer‹ und ›Befehl‹. Wohlweislich verzichtete er auf eine Übersetzung.

»Du kannst aber schnell reden«, feixte Welle.

»Ignorier sie ruhig. Jahrelang haben sie nicht wirklich gearbeitet. Dann wurde ihnen das Gehalt gekürzt, wofür sie jetzt mehr Stunden arbeiten müssen. Die drei gehören wirklich zu den Uneinsichtigen. Zu allem Übel bin jetzt auch noch ich hier, was ihnen gleich gar nicht schmeckt. Ich treibe sie an, was sie nicht gewohnt sind, und dann mischt ein Deutscher mit, auf die sie eh einen Rochus haben. In jedem sehen sie Merkel. Keine Ahnung haben sie, schon gar nicht von Politik. Schlimm ist, dass die wirklich fähigen Polizisten entlassen wurden. Das ärgert mich ungemein. Setz dich.«

Wütend warf Diamantopoulos sein Telefon auf den Schreibtisch, bevor er tief Luft holte und die Kollegen draußen auf Streife über Funk einbestellte. Dann schob er seinen Laptop und Sessel zurecht, um beiden einen besseren Blick auf den Bildschirm zu geben. Systematisch durchforsteten sie die Bildergalerie auf der Internetseite des Vatikans, in der Hoffnung, zufällig das Gesicht des Toten zu entdecken. Eine halbe Stunde später gaben sie auf.

»Schade, ein Versuch war es wert. Jedenfalls wissen wir jetzt, dass wir auf dem richtigen Weg sind. Ich werde ein paar Telefonate führen müssen.«

»Gut, und ich drehe eine Runde mit Trollinger und sehe mich etwas um. Zwei Stunden, ist das okay?«

»Ja klar, bis später.«

Kapitel Sechs

»Aha, die Franken, grüß Gott zusammen!« Welle freute sich und ging auf die Nachbarin in Alepochori zu. »Aus Würzburg. Schöne Stadt, sehr schön!«

»Und was macht ein Pforzheimer in Alepochori? Dachte erst, meine Freundin hätte sich einen Oldtimer gekauft«, antwortete die Frau freundlich und lud weiter den Chrysler Voyager aus, der genau hinter Welles Käfer parkte.

»Sie kennen Pforzheim? Man trifft selten Leute, die diese Stadt besucht haben.«

»Meine Freundin lebt dort seit sechzehn Jahren, wir besuchen uns regelmäßig. Ich bin Ingrid und das ist mein Mann Patrik«, sagte sie und hielt Welle die Hand zur Begrüßung hin.

»Freut mich, Sie kennenzulernen. Ich bin Peter. Ich wohne in der Ferienwohnung nebenan. Denke, wir werden nun wohl öfter miteinander zu tun haben.«

»Warum?«, fragte Ingrid erstaunt.

»Sehen Sie nur, wie unsere Hunde herumtollen. Sie verstehen sich. Ist Ihrer ein Border Collie?«

»Nein, nein, sie ist ein Sromos Skilos.«

»Noch nie gehört. Also dann, einen schönen Abend.«

Tula kam in diesem Moment aus dem Haus, um den Müll zu entsorgen.

»Gib her, ich mache das. Kommt das in den Container am Ende der Straße?«

»Ja, aber du musst doch nicht …«

»Papperlapapp. Trollinger, Fuß!« Er zwinkerte Tula zu, die leicht errötete. Welle blickte ihr tief in die Augen, was eine sofortige Kreisel-Wirkung auf die Flugzeuge in seinem Bauch auslöste. Zügig schwenkte er ab, um nicht selbst in Verlegenheit zu geraten.

»So ein Rindvieh«, schimpfte es aus einem Haus, nur ein paar Meter weiter. Gefolgt von: »Blöder Köter, kannst ned aufpassen?«

Welle grinste in sich hinein, warf den Müllsack in die Tonne und erkundigte sich auf dem Rückweg, was denn passiert sei.

»Der Hund hat meine Kaffeetasse mit seinem Schwanz heruntergeschmissen. Und Sie? Neu hier? Also, dann viel Spaß.« Damit war der Mann ins Innere seines Hauses verschwunden.

»Österreicher. Eigentlich sind die doch ganz nett. Welche Nationen uns wohl noch begegnen werden?«, murmelte Welle in sich hinein.

»Buona sera, Commissario«, klang eine Frauenstimme über den nächsten Zaun.

»Guten Abend. Aber woher wissen Sie …?«

»Ach, schon gut. Ich bin Giuseppina, spreche aber nur ein wenig Deutsch. Wir haben das Haus hier seit, ach, mehr als dreißig Jahren. Schön, Sie kennenzulernen.«

Winkend zog Welle weiter.

»Peter, komm, wir sehen uns den Sonnenuntergang vom Dach aus an.« Tula stand am Gartenzaun und beobachtete die Dinge, die sich um Welle abspielten. Sie führte ihn über die schmale Wendeltreppe hinauf auf das Flachdach. Selbstverständlich gefolgt von Trollinger, der seinem Herrn nur sehr ungern von der Seite wich.

Welle ergötzte sich an dem Blick in die Bucht. Langsam drehte er sich um die eigene Achse. Im Rücken leichte Anhöhen, links und rechts den Blick über Alepochori hinweg und geradeaus die Sicht auf das Meer mit dem feuerroten Sonnenball, der bald im Wasser zu versinken drohte.

Tula zog ihn zu einer kleinen Kiste, auf der sie zwei Gläser mit Rotwein und ein paar schwarze Oliven, Weißbrot und Olivenöl gerichtet hatte. Als Sitz dienten zwei Leergutkisten der Brauerei *Hofbräu München*.

»Das hast du hübsch gemacht, danke. Georgios bringt sich wohl Münchner Bier mit?«

»Ja, er liebt Weißbier, hier bekommt man es nicht.«

Zwanzig Minuten später hielt Welle Tulas Hand. Sah sie liebevoll an, zog sie ganz langsam an sich heran. Seine Flugzeuge produzierten Loopings. Ganz vorsichtig hauchte er ihr einen Kuss auf die Wange.

Sie blieben auf dem Dach, bis die Sonne am Horizont verschwunden war.

»Wo habt ihr euch denn versteckt?« Das war Tulas Sohn.

»Hier oben, wir kommen.«

»Wir haben den Sonnenuntergang betrachtet«, erklärte Welle kurz darauf, während er im selben Moment aufgackerte und dann in einen Lachkrampf fiel.

»Sonnenuntergang betrachtet! Georgio, mein Lieber, das hätte die Antwort eines Pubertierenden sein können.

Deine liebe Mutter ist dabei, mir den Kopf gehörig zu verdrehen!«

»Wer hier wem den Kopf verdreht, ist fraglich, aber es freut mich sehr für euch beide. Meinen Segen habt ihr. Peter, ich muss noch etwas Dringendes loswerden. Morgen früh wird ein Trupp Beamter alle Hotels und Pensionen in Megara aufsuchen. Ein weiterer nimmt sich alles nördlich von Alepochori vor, und wir beide fahren mit vier Mann nach Loutraki. Es bleibt doch dabei?«

»Ja klar!«

»Die Kollegen aus Korinth kommen uns entgegen, da sich auf der Straße zwischen Korinth und Loutraki einige Hotels befinden.«

»Hört sich nach Arbeit an«, seufzte Welle.

Beim gemütlichen Abendessen erzählte er von seinem Fall mit der Toten auf Pforzheims *Monte Scherbelino*, drei Monate war das her. Eine junge Frau, die einem Ritualmord zum Opfer gefallen war. Blutig. Widerwärtig. In einer Polizistenfamilie stört es keinen, wenn es grenzwertig wird.

»Das ist ja schrecklich, das arme Ding. In der heutigen Zeit sollte man doch annehmen, dass die Menschen zivilisiert wären«, sagte Tula.

»Diese Art Familienfehden wird es wohl immer geben, Mama.«

»Denke ich auch, dennoch sind sie zum Kotzen, verzeiht den Ausdruck«, meinte Welle. »Da fällt mir ein, was ist eigentlich ein Sromos Skilos?«

Diamantopoulos prustete los und verschluckte sich heftig.

»Wie kommst du denn darauf?« Seine Augen tränten.

»Na, der Hund von euren Nachbarn. Ich meine, was ist das für eine Rasse? Ich dachte an Border Collie.«

»Sromos Skilos ist die freie Übersetzung von Straßenhund«, lachte Tula. »*Sromos*, mit einem Delta am Anfang. Das musst du sprechen wie das englische th, steht für Straße, *Skilos* für Hund. Entstanden ist der Begriff bei einem lustigen Grillabend mit den beiden. Patrik kam eines Tages ganz stolz mit dem Laptop herüber und zeigte uns Fotos von Border Collies. Eine Ähnlichkeit lässt sich nicht leugnen. Trixi ist wirklich ein klasse Hund.«

»Patrik, der bis auf die Wintermonate hier lebt, hatte den Wurf hinten bei Theodores unter dem Müllcontainer gefunden und die Welpen täglich gefüttert. Trixi interessierte sich erst für Schmuseeinheiten mit ihm, bevor sie fraß. Ihre Geschwister sahen ganz anders aus. Als die Welpen flügge wurden, nahm er die Hündin mit. Seither sind die beiden ineinander vernarrt. Ähnlich wie du und Trollinger«, sagte Diamantopoulos.

»Da hat mich Ingrid ja ganz schön auf den Arm genommen. Kommt Zeit, kommt Rat. Ich finde noch etwas, womit ich sie reinlegen kann.«

Kapitel Sieben

Vor dem Frühstück drehte Welle eine große Runde mit seinem Hund. Danach schlüpfte er in die Badehose, schwang sich ein Handtuch um den Nacken und marschierte zum Strand. Da es gerade einmal hundert Meter waren und jeder hier so herumlief, machte er es ebenso. Äußerst praktisch, wie er fand, denn so sparte man sich Wäsche.

Das Wasser war ziemlich warm und glich an manchen Tagen einer Badewanne. Welle genoss es. Nach einer halben Stunde zügigen Schwimmens fühlte er sich wie aus einem Jungbrunnen entstiegen. Das Salz bitzelte auf seiner Haut, als er sich in der Sonne trocknete.

Nach einem deutschen Frühstück in aller Ausführlichkeit, so viel Zeit musste seiner Meinung nach sein, machten sich die beiden Kriminalhauptkommissare auf den Weg nach Loutraki.

Im Bergdorf Perachora erzählte man Diamantopoulos und Welle ebenfalls von zwei italienischen Männern mit Sonnenbrillen, die wiederum den Mann in der komischen bunten Hose suchten und allen Bewohnern das Bild zeigten. Keiner wollte ihn gesehen haben.

Auf der weiteren Fahrt nach Loutraki stoppte Diamantopoulos einen Trecker. Er sprach lange mit dem

Fahrer und gestikulierte wild. Zeigte ihm Bilder, die der Befragte kopfnickend quittierte. Bevor er sich verabschiedete, drückte ihn der Athener Kommissar seine Visitenkarte in die Hand.

»Er hat die beiden Schweizer gesehen und gewusst, dass sie in Schinos ein Boot mieten wollten. Er sagt, die haben sich ähnlich gesehen wie Zwillinge. Diese Auskunft bekamen auch die Typen, die sich ebenfalls bei ihm erkundigt hatten. Er ist sich ziemlich sicher, bei einem der beiden einen Waffenhalter am Gürtel gesehen zu haben.«

»Reicht seine Erinnerung für Phantombilder?«

»Nein, wohl nicht. Wir fangen in Loutraki mit dem ›Hotel Galaxy‹ an und arbeiten uns stadteinwärts vor. Die Kollegen haben sich das Zentrum aufgeteilt … Suchst du was, du wirkst so nervös?«, wollte Diamantopoulos wissen.

»Eigentlich ist nichts. Ich bin es nur nicht gewohnt, ohne Trollinger an meiner Seite zu sein.«

Tula hatte Welle am Morgen davon überzeugt, dass es für den Hund kein Vergnügen bei diesen Temperaturen sein würde. So hatte er ihn in ihrer Obhut gelassen.

Nach mehr als zwei Stunden hatten die beiden immer noch nichts Brauchbares erfahren können. Niemand wollte die Gesuchten gesehen haben.

»Jetzt fragen wir noch im Hotel ›Arion‹ nach, danach machen wir eine Pause und genehmigen uns einen schönen kalten Frappe«, sagte Diamantopoulos.

»Oh ja, es wird Zeit. Es ist ganz schön heiß. Heute freue ich mich sogar auf die starke schwarze Brühe.«

Im ›Arion‹ konnte sich die Rezeptionistin an die Brüder

erinnern. Sie hatten ein Zimmer gesucht, aber da das ›Arion‹ ausgebucht gewesen war, schickte sie die beiden in das ›Park Hotel‹.

»Das ist doch mal eine Aussage. Nichts wie hin, es ist nur um die Ecke«, sagte Diamantopoulos. Der großzügig gestaltete Parkplatz war ganz im mediterranen Stil gehalten. Diamantopoulos lenkte den Wagen in den Schatten einer ausladenden Palme.

»Hier war ich auch noch nicht. Scheint direkt nobel zu sein«, bemerkte er.

Die Hotelhalle machte mit ihren weißen Marmorsäulen und großen Terrassenfenstern einen phänomenalen Eindruck. Zahlreiche Sofas in verschiedenen Farbvarianten, dazwischen kleine Tischchen mit allerlei Zeitungen und meterhohe Grünpflanzen passten sich harmonisch in das Bild ein. Die Rezeption, aus massivem dunklen Holz gefertigt, stach hervor.

»Georgios, was machst du denn hier? Ah, du hast einen Feriengast mitgebracht. Seid ihr auf Sightseeing-Tour?« Eine freundliche Stimme wie aus dem Nichts. Eine sehr attraktive junge Griechin stand vor ihnen und reichte die Hand zur Begrüßung.

»Aphrodite? Ich wusste nicht, dass du hier arbeitest«, sagte Diamantopoulos und starrte dabei auf ihr Namenschild. »Zweiter Manager, ich gratuliere! Dann bist du genau unsere Ansprechpartnerin. Darf ich dir Herrn Wellendorf-Renz vorstellen? Er ist ein Kollege und hilft mir in einer Mordsache, wobei wir beim Thema wären. Kennst du diesen Mann?«

Aphrodite betrachtete das Foto lange ohne Regung. Plötzlich rannen ihr Tränen über das Gesicht. Sie verkrampfte sich, versuchte vergebens, ihre Augen zu trocknen. Die Kommissare schauten sich achselzuckend an.

»Ich sehe, du kennst ihn«, sagte Diamantopoulos und strich ihr sanft über den Arm.

»Ähm, entschuldigt. Möchtet ihr etwas trinken? Vielleicht auf der Dachterrasse, da wären wir ungestört. Sicherlich benötigst du Informationen zum Aufenthalt?«

»Ja, allerdings.«

»Geht schon mal hinauf. Ich suche die Anmeldung und komme sofort nach.«

»Ist das schön hier oben«, sagte Welle. »Welch eine Aussicht!« Sein Blick schweifte über das Touristenstädtchen bis hinüber nach Korinth. »Wohin verschwinden diese Schiffe?« Er zeigte auf einen Frachter, von dem nur noch das Heck auszumachen war.

»Die fahren durch den Korinther Kanal. Den musst du dir unbedingt ansehen. Einmal oben von der Brücke und dann unten von der alten Korinther Brücke. Das wäre ein passendes Ausflugsziel für Mama und dich. In Alt-Korinth gibt es sehr hübsche Läden und urige Tavernen, die kein Tourist findet. Mama kennt sie!«

»Gute Idee, alter Kuppler!«, lachte Welle. »Woher kennst du Aphrodite?«

»Sie hat ihr Elternhaus in Alepochori. Als Jugendliche hatten wir mal ein Techtelmechtel, bis ich dann nach München ging. Zeitgleich hat sie in Heidelberg auf der Hotelfachschule studiert und hat dann eine Zeit lang in Hannover gearbeitet. Das Heimweh trieb sie im letzten Jahr wieder her. Ah, der Kellner … Sio Frappeses metrio

†

me gala ke ena bugali nero, paragalo … Ist doch in Ordnung für dich?«

»Ich hab kein Wort von dem verstanden. Wird schon recht sein. Und, kein Interesse an der Wiederaufnahme eurer Liaison?«

»Nein. Die meisten Griechinnen werden als verheiratete Frauen meist unerträglich. Sie wollen einen Stall voll Kinder, den man sich heute nicht mehr leisten kann. Sie pochen auf ein eigenes Haus und natürlich wollen sie nicht mehr arbeiten müssen. Mein größtes Problem ist allerdings, dass ich es nicht ertragen kann, wenn sie ihre Stimmen um etliche Oktaven nach oben schrauben. Hör mal genau hin, wenn sich zwei Frauen unterhalten, dann weißt du, was ich meine. Ich hab uns Frappe mit Milch und Zucker sowie eine Flasche Wasser bestellt.«

»Das kann ich nicht glauben, deine Mutter redet doch ganz normal.«

»Sie kann es selbst nicht leiden. Beobachte ihre Mimik, wenn sie sich mit einer Griechin unterhält. Meine Wunschfrau sollte Deutsche sein, die griechenlandvernarrt ist und das Meer liebt. Und mich natürlich.« Er unterbrach, als er Aphrodite kommen sah.

»Tut mir leid, dass ihr warten musstet. Hier ist die Anmeldung.«

»Reinhold und Joseph Wächter aus Eggiwil im Emmental, Kanton Bern. Geboren 1986. Eingecheckt am 25. Mai 2015, ausgecheckt am 29. Mai 2015. Was weißt du über die beiden?«

»Die waren so lieb, alle beide. Sie waren Zwillingsbrüder. Ich fand den Joseph besonders nett. Er versprach mir wiederzukommen. Ich habe gleich gemerkt, dass etwas nicht stimmte, als Reinhold sagte, dass sein Bruder die Nachtmaschine am 28. Mai nach Rom genommen hätte. Reinhold war sehr nervös und wirkte verängstigt, als er früh um sieben abreiste.«

»Konntest du sie denn auseinanderhalten? Ich meine, es waren Zwillinge.«

»Ja sicher, der Joseph hatte das Wappen der Schweizer Garde auf der rechten Schulter.«

»Bingo«, rutschte es Welle heraus und entschuldigte sich gleich dafür.

»Du wusstest, was das für ein Wappen war?«

»Ja, er hat mir erzählt, dass alle Gardisten, die mit ihm angefangen haben, sich dieses Wappen haben stechen lassen. Er war so stolz, den Papst beschützen zu dürfen, und sehr erfreut, dass sich die katholische Kirche unter Papst Franziskus weiter öffnen würde. Er beschrieb ihn als warmherzigen Menschen. Ein Mensch wie du und ich, ohne Hang zum Luxus … Und jetzt ist Joseph tot, einfach tot. Was ist denn überhaupt passiert?«

»Er war tatsächlich bei der Schweizer Garde? Und sein Bruder?«, fragte Diamantopoulos weiter.

»Ich glaube, er gehörte einer Bruderschaft an.«

»Bruderschaft? Wie kommen Sie darauf?«, fragte Welle.

»Sie stritten öfters. Einmal richtig heftig, da schrie der Joseph: ›Deine verflixten Brüder werden uns noch den Tod bringen!‹ Später meinte er zu mir, dass Reinhold in so einer Art Geheimorganisation sei, und die wäre ziemlich ungesund.«

»Aphrodite, hat Ihnen Joseph sonst noch etwas von

seiner Arbeit erzählt, vielleicht sogar geheime Dinge, die er nur Ihnen anvertraute?«, fragte Welle sehr behutsam.

»Nicht wirklich, er sagte nur, er hoffe, dass Papst Franziskus nichts geschehen möge. Und er hat immer dafür gebetet. Aber warum ist das wichtig?«

»Sei mir bitte nicht böse, ich kann dir im Moment keine Auskunft geben, solange wir in den Ermittlungen stecken.«

»Hat sich außer uns sonst noch jemand nach ihnen erkundigt?«

»Nein, nicht dass ich wüsste.«

»Ruf mich bitte sofort an, falls es jemand tut oder wenn dir noch etwas einfallen sollte. Bitte, Aphrodite!«

»Ich verspreche es. Ihr entschuldigt mich, ich muss mich um die Gäste kümmern.« Sie verabschiedete sich mit einem festen Händedruck.

Welle und Diamantopoulos blieben nachdenklich zurück.

»Ich werde Dimos Remos nach Rom schicken. Er ist ein fähiger Mann, der in München als verdeckter Ermittler für das Drogendezernat gearbeitet hatte. Vor zwei Monaten habe ich ihn dort abgeworben. Er könnte Hand in Hand mit den römischen Kollegen vor Ort ermitteln.«

»Du meinst, das geht so einfach?«

»Sicherlich, nachdem ich mir die Finger wund telefoniert habe.«

Diamantopoulos bestellte per Telefon Remos ins Athener Büro ein, danach folgte ein kurzes Telefonat mit seinem Chef. Zuletzt wies er die anderen Beamten an, ihre Suche im Umkreis nur noch auf die zwei Italiener zu beschränken.

»Was denkst du?«, durchbrach Diamantopoulos die Stille auf dem Heimweg nach Alepochori.

»Ich bin mir noch nicht sicher. Lass mich bitte brüten und uns heute Abend darüber sprechen.«

»Einverstanden, ich lass dich aussteigen und fahre gleich nach Athen weiter.«

»Und ich gehe eine große Runde mit Trollinger und leg mich danach etwas hin. Die Wärme und das Herumfahren haben doch ziemlich an mir gezehrt.«

»Bist du in Ordnung?«

»Ja klar, bin nur etwas erschöpft und nicht mehr der Jüngste«, meinte Welle.

Der Pforzheimer fühlte sich nach seinem Nachmittagsschläfchen wie neu geboren.

»Du bist schon ein richtiger Grieche«, begrüßte ihn Tula. »Ruhezeit von fünfzehn bis achtzehn Uhr.«

»Von wegen Grieche«, witzelte er zurück und zog sie wie zufällig an sich. »Weib, du machst mich närrisch.« Es folgten eine innige Umarmung und ein zart gehauchtes Küsschen auf die Wange.

Diamantopoulos kam erst spät am Abend.

»Ich habe Remos noch zum Flughafen gebracht. Der Kollege in Rom hat sich am Telefon irgendwie komisch verhalten.«

»Wie muss ich das verstehen?«

»Es hatte den Anschein, als wolle er nicht, dass einer von uns nach Rom kommt. Gerade so, als würden wir bei deren Ermittlungen stören. Na mal sehen, vielleicht bilde ich mir das auch nur ein.«

†

»Konnten deine Mitarbeiter in Loutraki noch etwas ausfindig machen?«

»Nein, diese Italiener traten nirgendwo in Erscheinung. Ach, die Exhumierung von Andradisou wird noch ein paar Tage warten müssen, die Mediziner streiken und unser Rechtsmediziner auch.«

»Das ist jetzt nicht dein Ernst? Warum erwirkt ihr kein Streikverbot? Das ist Behinderung in einem Mordfall, so etwas gäbe es bei uns nicht!«

»Das weiß ich. Glaube mir, es macht keinen Spaß, so zu arbeiten. Das stimmt schon, aber leider haben es viele Griechen noch nicht gerafft, worauf es ankommt. Auf die ins Ausland transferierten Steuergelder wurden bislang noch keine Strafen erlegt. Gut, ein oder zwei vielleicht, aber das ist nichts gegen die Milliarden, die hinterzogen wurden. Aber lassen wir das, wir ändern daran leider nichts. Sagt mir lieber, was ihr beiden morgen vorhabt?«

Tula schenkte von dem guten Landwein nach.

»Wir wollen nach Delphi, und lass dir ja nicht einfallen, dass du Peter wieder einspannst. Morgen gehört er mir!« Dieser Satz trieb Tula die Röte ins Gesicht. Sie schien es zu bemerken. Diamantopoulos lächelte breit.

»Pos? Was?«, zischte Tula.

»Nichts, Mama. Ich erkenne dich nur nicht wieder. Die Verlegenheitsröte steht dir eigentlich ganz gut. Ich freue mich für dich. Sangose tin lamarina«, grinste der Sohn.

Tula sah leicht irritiert erst zu Welle, dann zu ihrem Junior, bis alle drei in schallendes Gelächter ausbrachen.

»Wäre jemand so nett, mir das zu übersetzen?«, bat Welle.

»Sie hat ins Blech gebissen, heißt das. Eine Redewendung, wenn man sich frisch verliebt hat«, lachte

Diamantopoulos noch immer.

Tula sah ihn mit zusammengekniffenen Augen an. Es war ihr sichtlich unangenehm.

★

Tula wälzte sich in ihrem Bett und kam nicht zur Ruhe. Ihr gefiel der Zärtlichkeitsaustausch mit Welle. Ihre Gedanken galoppierten davon.

Ein bisschen erinnerte er sie an ihre Jugendliebe. Sie hatte nie jemandem davon erzählt. Sie war sehr jung gewesen. Peter gefiel ihr. Seine große stattliche Figur, seine blaugrauen Augen, die vollen schwarzen Haare, die nur ganz dezent und kaum sichtbar grau zu werden schienen. Lustig hörte es sich an, wenn sein badischer Dialekt aus ihm herausbrach. Sein Kleidungsstil ... na ja, war nicht gerade der modernste. Vielleicht konnte sie ihn geschickt zum Shoppen bewegen. Jedenfalls musste sie ihm die hohen Socken abgewöhnen. Ob sie ihn fragen sollte, warum er hauptsächlich Cordhosen im Koffer hatte? Nein, das traute sie sich nicht. Wenn sie nur nicht so schüchtern wär und nicht immer rot werden würde! Ein Manko, das sie seit ihrer Kindheit verfolgte. Sie musste morgen unbedingt versuchen, mehr über ihn zu erfahren, den Herrn Kommissar.

Tulas Gedanken schwebten mit ihr in einen traumreichen Schlaf. Sie sah sich eindeutig an Welles Seite. Oh ja, sie wünschte es sich.

Kapitel Acht

»Peter, ich habe mit der Delphi-Tourist-Information telefoniert, wir dürfen Trollinger mitnehmen. Nur in das Museum darf er nicht mit hinein, aber ich denke, das wollen wir uns eh nicht ansehen. Ich habe uns ein bisschen Proviant gerichtet, ein wenig Wein und Wasser eingepackt. Die Schüssel für Trollinger ist schon im Auto. Ich bin fertig, nach dem Frühstück können wir los.« Welle wusste alles, nachdem er von seinem morgendlichen Ritual zurückgekehrt war.

»Du siehst gut aus und hast an alles gedacht, und überhaupt, du bist eine tolle Frau!«

Welle ging auf Tula zu, nahm sie in den Arm. Das erste Mal, dass er sie richtig festhielt. Tief blickten sie sich in die Augen.

»Was denkst du? Kann es sein, dass deine Blicke nach mir schmachten?«, flüsterte Welle ihr ins Ohr.

Tula schien all ihren Mut zusammenzunehmen. Ihre Stimme zitterte leicht.

»Darauf werde ich dir lieber keine Antwort geben. Deine Umarmung fühlt sich gut an. Ich wüsste gerne etwas mehr von dir, vielleicht erzählst du mir heute über den gut aussehenden Peter Wellendorf-Renz«, säuselte sie, eng an ihn geschmiegt. Dass er nass war, schien sie nicht zu stören.

Welle richtete erstaunt und tief gerührt seinen Blick auf

die Frau in seinen Armen. In ihm brodelte es. Er musste etwas dagegen unternehmen. Eigentlich sollte er einen Rückzieher machen, aber anderseits fühlte er ein starkes Verlangen nach ihr.

Spontan zog er Tula fester an sich heran, hauchte ihr eine Spur von einem Kuss auf den Mund, um sie dann, als sich ihre Lippen sinnlich öffneten, heiß und sehnsüchtig zu küssen. Sie ließen erst voneinander ab, als Diamantopoulos räuspernd auf sich aufmerksam machte.

»Ich wollte eigentlich nur wissen, ob ich heute Abend in Psada einen Tisch reservieren soll«, grinste er breit.

Tula schien erhitzt, ihr Kopf glich einer Tomate – ausgelöst durch Peter und durch ihren Sohn, der unverhofft in der Tür stand und seine Mutter beim Knutschen ertappte.

»Malaka!«, rutschte es ihr raus. »Uns so zu erschrecken.«

»Erwischen wolltest du wohl sagen. Lass mich doch ein bisschen sticheln.«

Welle dachte nicht im Traum daran, Tula loszulassen; sie versuchte, sich aus seinem Arm zu schälen, die sie immer noch umschlungen hielten.

»Ich habe am Ortsrand von Psada in einer Taverne gegessen, das Essen war vorzüglich. Der Sohn des Wirtes sprach ein wenig Deutsch«, sagte Welle.

»Ich weiß, wen du meinst. Dann reserviere ich für neunzehn Uhr dreißig, wenn es recht ist.«

»Ne, endaxi«, antwortete Tula.

»Warum, ich kann doch fahren. Wir brauchen kein Taxi.« Welle war verwirrt.

»Nein, nein, mein Lieber«, sagte Tula und tätschelte seine Wangen. »*Endaxi* heißt in Ordnung.«

»Ich benötige dringend ein Deutsch-Griechisch-Wörterbuch für Anfänger ab sechzig Jahren. Simpel, einfach und bitte in lateinischer Schrift. Eure Hieroglyphen kann ich ja eh nicht entziffern.«

Es blieb nicht aus, dass alle erneut grinsen mussten. Diamantopoulos verabschiedete sich, um nach Megara zu fahren. Tula und Welle machten sich geraume Zeit später mit Trollinger an Bord auf nach Delphi.

»Wir sind zwar gleich in Delphi, aber ich möchte dir kurz Arachova zeigen. Es gibt viele winzige Lädchen mit selbstgeknüpften Teppichen, Handarbeitssachen, Öl und Honig. Außerdem darfst du dir den Ausblick bis in die Ebene hinunter nicht entgehen lassen«, sagte Tula. Welles VW Käfer zog neugierige Blicke der Einheimischen auf sich. So ein Auto schien man hier nicht zu kennen.

Welle und Tula zogen Hand in Hand durch das Dorf, sahen sich die kleinen Geschäfte an, probierten köstlichen Honig und genossen eiskalten Frappe bei einem unschlagbaren Ausblick. Der badische Ex-Kommissar war schwer begeistert.

»Was wird auf diesen Feldern angebaut, das sind doch Felder dort unten?«

»Meist sind es Baumwoll- oder auch Tabakfelder. Etwas weiter nördlich findest du dann Reisfelder und Weinanbau. Warte es nur ab, die zwölf Kilometer bis Delphi wirst du hinter jeder Kurve staunen. Ab jetzt geht es nur noch bergan, entlang am Parnassos-Gebirge«, sagte Tula fröhlich und drückte ihm einen Kuss auf die Wange. »Lass mich fahren, dann kannst du die Umgebung besser in dich einsaugen.«

†

»Traust du dir denn zu, den Käfer zu fahren? Versteh es bitte nicht falsch, ich lasse eigentlich niemanden ans Steuer dieses Autos.«

»Ich bin ich, und ich beweise es dir.« Mit einem weiteren Kuss, direkt auf Welles Lippen, hatte sie sich die Autoschlüssel geschnappt. Tula strahlte selbstbewusst und siegessicher.

Überaus skeptisch beäugte Welle ihre Fahrkunst auf den ersten fünf Kilometern. Dann war er überzeugt, dass sie seinen geliebten Wagen im Griff hatte und konzentrierte sich auf die überwältigende Landschaft. Trollinger genoss ein paar ungewohnte Streicheleinheiten von seinem Herrchen, die es sonst während einer Fahrt nicht gab.

★

Am selben Tag in Rom

»Was bilden Sie sich eigentlich ein, wer Sie sind? Kommen aus Griechenland hierher und machen Andeutungen, die nicht zu rechtfertigen sind«, schrie Salvatore Pionte, Chef des päpstlichen Geheimdienstes, Dimos Remos an.

»Ich bitte Sie doch nur um Kooperation. Wir wissen, dass Joseph Wächter in der Schweizer Garde diente, und ich möchte lediglich mit seinem Chef sprechen.«

»Nein! Sie verlassen umgehend das Gebäude.«

»Aber …«

»Sie werden hier keine Befragungen durchführen!«

Frustriert verließ Remos mit seinem römischen Kollegen Francesco Batrini den Staat im Staate.

»Sie wollten mir nicht glauben«, begann Batrini. »Wir haben dort keinerlei Handhabe. Mir hat dieser arrogante Affe noch nicht einmal Beachtung geschenkt.«

»Warum? Ich verstehe das nicht. Auch wenn der Vatikan ein eigener Staat ist, so muss er doch mit anderen zusammenarbeiten. Letztendlich sind sie ja auch Interpol angeschlossen.«

»Was dort drinnen passiert, geht schlichtweg niemanden etwas an.«

Remos starrte kopfschüttelnd aus dem Autofenster. Er wurde den Eindruck nicht los, dass das Gespräch eine abgekartete Sache war. Die Abneigung gegen Batrini, dessen Ignoranz zur Sache. Irgendetwas passte nicht in das Bild. Er nahm sich vor, es herauszubekommen.

Als ein Mopedfahrer sich selbstmörderisch vor das Auto zwängte, schrak er hoch.

»Die fahren ja schlimmer als in Athen! Wie gehen wir jetzt weiter vor?«

»Lassen Sie uns zu der Wohnung von Reinhold Wächter fahren. Ich konnte einen Durchsuchungsbeschluss erwirken.«

Der Grieche staunte nicht schlecht über das noble Viertel. Er war fasziniert von dem Labyrinth aus Straßen und Gässchen, Batrini führte ihn vorbei an Luxus-Geschäften und bog schließlich in die Via Leccosa ein.

»Hier ist es«, sagte Batrini und parkte das Auto.

Das Klingeln blieb unbeantwortet. Batrini fand nach kurzer Zeit den Hausmeister, der ihnen die Wohnung nach Vorlage des Durchsuchungsbeschlusses öffnete.

»Hier war wohl schon jemand vor uns da.«

Batrini fischte Einmalhandschuhe aus seinem Sakko, reichte Remos ein Paar, der sich ein Gesamtbild über die Wohnung verschaffte.

»Was hat Reinhold Wächter gearbeitet?«, fragte er.

»Wir wissen nur, dass er ein Computerspezialist ist. Bis vor einem Jahr hat er für eine amerikanische Firma gearbeitet, die einen Sitz in Zürich hatte. Die Firma zog sich aus der Schweiz zurück und Wächter hierher.«

»Und wo arbeitet er jetzt?«

»Wissen wir nicht.«

»Diese Wohnung ist sicherlich sündhaft teuer«, sagte Remos, während er die Balkontür öffnete. Er kam aus dem Staunen nicht heraus. Er stand wie angewurzelt auf der riesigen Dachterrasse und schaute auf den Tiber, der sanft in seinem Flussbett schimmerte.

»Wenn Sie fertig sind mit Luftschnappen, könnten Sie mir durchaus behilflich sein«, meckerte Batrini.

»Ähm … ja. Das Nachbarhaus hat ja ebenfalls so eine große Dachterrasse, ist das hier üblich?«

»In dieser Gegend schon. Der Campo Marzio ist bekannt dafür. Fast alle Häuser entlang der Uferstraße Lungotevere Marzio und der dahinterliegenden Straßen haben diese kleingartenähnlichen Dachterrassen.« Batrini war ebenfalls hinausgetreten.

»Er muss doch von etwas gelebt haben, was kostet denn so eine Wohnung?«

»In jedem Fall dürfte dies Ihre und meine Gehaltsklasse weit überschreiten. Kommen Sie, wir sollten uns weiter umschauen. Vielleicht haben unsere Vorgänger etwas übersehen.«

Remos nahm sich den an das Wohnzimmer grenzenden

Raum vor. Sein Blick wurde von einem gewaltigen Bücherregal angezogen. Von den geschätzten fünfhundert Büchern standen höchstens noch zweihundert im Regal, der Rest lag auf dem Boden verstreut. Anspruchsvolle Literatur wie Goethe und Tucholsky lagen neben Aktenordner und Software-Fachbüchern, die alleine einen Kleinwagen hätten füllen könnten.

Remos hob einen Ordner auf, blätterte darin herum und las »Gründung und Ziele der Geheimloge Propaganda due«. Er überflog den Abschnitt, worin beschrieben war, aus welchen Bereichen die Mitglieder der P2, wie die Loge kurz genannt wurde, rekrutiert wurden: hohe italienische Offiziere, Nato-Offiziere, Führungspersonen aus Wirtschaft, Militär, Politik genauso wie Mitglieder der Mafia und der Nachrichtendienste Italiens. Er schlug das Ende des Aktenordners auf, las über das vom Staat erlegte Verbot der Loge und den Aufbau der P3. Remos suchte nach dem Folgeordner, konnte ihn in der Unordnung aber nicht finden. Er stöberte zwischen den Büchern umher, die sich meist mit der Freimaurerei in England und Italien befassten. Er schob mehrere Aufzeichnungen über die *Loge Grande Oriente d'Italia*, die *Gran Loggia Regolare d'Italia* und der *Grand Loge of England* von links nach rechts. Schließlich tauchte ein kleines gebundenes Notizbuch auf, in dem eine Namensliste mit Randnotizen und Einträgen zu Ein- und Auszahlungen von Hand eingetragen waren. Kurzerhand ließ er es in seiner Jackentasche verschwinden.

»Wir haben erfahren, dass Reinhold Wächter in einer Organisation oder einer Bruderschaft Mitglied sei. Kann das mit dem ganzen Kram hier über Logen zu tun haben?«, rief Remos dem italienischen Kollegen zu, der leise vor sich hin fluchte.

»Was?« Batrini schlurfte zu ihm her. Erstaunt betrachtet er den Stapel Bücher, den Remos aufgetürmt hatte.

»Um Himmels willen, entweder ist er ein Fanatiker, ein eingesetzter Ermittler oder er hängt mittendrin und hat mächtigen Ärger am Hals, was die Verwüstung der Wohnung erklären würde«, meinte er.

»Hier ist ein Ordner, der mit der Gründung der P3 endet. Einen Anschlussordner mit diesem Thema kann ich nicht finden.«

»Ach das ist doch Schnee von gestern. Die P3 wurde 2010 von den Behörden verboten. Ich kann Ihnen sagen, da war etwas los. Der damalige Wirtschaftsstaatssekretär trat in diesem Zusammenhang von seinem Amt zurück. Man überwachte seit 2008 hochrangige, illegale Strukturen, denen Verbindungen zur ehemaligen *Propaganda due* nachzuweisen waren. Die Kollegen vom Organisierten Verbrechen hatten alle Hände voll zu tun und konnten schlussendlich nicht verhindern, dass sich die *Propaganda quattro*, die P4, bildete.«

»Und diese Loge existiert noch?«

»Ja, aber den Mitgliedern werden unter anderem schon wieder Erpressung, Amtsmissbrauch und Verrat von Ermittlungsergebnissen vorgeworfen.«

»Und wer sind diese Mitglieder?«

»Das, mein lieber Freund, wollen Sie und ich gar nicht erst wissen.«

»Kann es denn möglich sein, dass Wächter dort Mitglied ist?«

»Keine Ahnung. Aber ich glaube nicht, dass dies seine Kragenweite wäre, es passt nicht zu seiner Vita. Lassen Sie uns noch einen genaueren Blick in die Küche und das Schlafzimmer werfen, dann verschwinden wir. Hier ist eh nichts mehr zu finden. Vom Laptop ist nur noch ein Kabel vorhanden. Kein Notizbuch, nichts Persönliches. Nehmen Sie das Schlafzimmer?«

»Ich finde es merkwürdig, dass Sie die Spurensicherung nicht rufen. Hier hat doch offensichtlich jemand etwas gesucht.«

»Das kann ich immer noch tun. Die Wohnung wurde nicht aufgebrochen, oder haben Sie etwas an der Tür gesehen?«

Dimos Remos schüttelte unmerklich mit dem Kopf und wandte sich den Kleiderschränken zu. Er strich über ein paar der Designeranzüge. Hier ein Hemd von Ermenegildo Zena, dort eins von Versace. Er griff nach einem Hemd, das locker über einem Bügel hing und schon getragen war. In den Ärmelbündchen steckten goldfarbene Manschettenknöpfe von Bulgari. Er zog sein Handy aus der Jackentasche und machte ein paar Fotos. Der Luxus war trotz Verwüstung nicht zu übersehen. Auch fotografierte er den Bücherstapel, den er aufgetürmt hatte, sodass die Buchrücken lesbar waren. Bevor sein römischer Kollege das Zimmer betrat, war er schon wieder in eines der Bücher vertieft.

»Interessiert Sie wohl?«

»Irgendwie schon. Ich durfte einmal Gast an einem Informationstag bei einer Loge in München sein. Der ›Meister vom Stuhl‹, ein Universitätsprofessor, faszinierte mich.«

»Wollten Sie in die Loge eintreten?«

»Nein, es war pure Neugierde. Die Freimaurer haben ja heute noch das gewisse geheimnisvolle Mystische. Okkulte Riten, Verschwörungen. Ich bin außerdem absoluter Dan-Brown-Fan und habe Umberto Eco gelesen. Glauben Sie mir, als ich die Räume der Loge betrat, bekam ich Gänsehaut. Die Brüder waren alle sehr nett, verrieten mir sogar ihre Berufe. Später erfuhr ich, dass so etwas gar nicht üblich war. Sie berichteten über humanitäre Dinge, die sie unterstützten. Das war alles so ganz anders als das, was mir erzählt worden war.«

»Das glaube ich Ihnen gerne, aber trotzdem traue ich denen nicht. Mag sein, zu Unrecht. Aber wenn Sie vorhaben, sich mit italienischen Logen zu befassen, gebe ich Ihnen folgende Aussage von Voltaire mit auf den Weg: ›Es ist gefährlich, in Dingen recht zu haben, in denen die etablierten Autoritäten unrecht haben‹. Denken Sie gut darüber nach. Mögen Sie Pasta?«

»Ja. Aber auch Voltaire war ein Freimaurer«, antwortete Remos.

»Ich weiß, lassen Sie uns essen gehen.«

Die beiden Polizeibeamten saßen auf der Terrasse einer kleinen Trattoria mit Blick auf den barocken Brunnen, ein Werk von Bernini. Im Zentrum des Platzes thronte die Kirche Trinita dei Monti mit ihren zwei Türmen, davor stand ein Obelisk. Der passte so gar nicht in das Bild hinein, wie Remos fand.

Während er ungeschickt seine Spaghetti auf dem Löffel zu drehen versuchte, beobachtete er vier Männer in schwarzen Anzügen und dunklen Sonnenbrillen, die auf der gegenüberliegenden Seite vor einem Café saßen. Als ihm seine mühevoll aufgedrehten Spaghetti von der Gabel rutschten, grinste einer der vier.

»Hab ich es doch gewusst«, zischte er zu Batrini. »Wir werden beobachtet.«

Francesco Batrini wich die Farbe aus dem Gesicht, als er Remos Blick folgte.

»Wenn die uns schon länger im Visier haben, bedeutet das Ärger«, knurrte Batrini finster.

»Was sind das für Typen?«

»Handlanger. Aber wir wissen nicht genau, von wem. Man munkelt einerseits, sie würden in Mafiakreisen verkehren, dann tauchen sie plötzlich als Security eines Politikers oder Finanzbosses auf, was das Erste nicht ausschlösse. Neuerdings sieht man sie häufiger in Begleitung von Bischöfen, die in Rom auf Sightseeing sind.«

»Und warum soll es Ärger geben?«, fragte Remos neugierig.

»Es sind viele, sehr viele. Sie werden von ihren Auftraggebern für alles Mögliche eingesetzt. Sie sind bewaffnet und gefährlich. Sicherlich schrecken sie auch nicht vor einem Mord zurück, jedoch konnten wir ihnen bislang nichts nachweisen. Verdächtig sind sie immer. Vielleicht haben sie das Chaos in der Wohnung verursacht.«

»Sollten wir sie nicht einfach fragen?«

Batrini verschluckte sich an seinem Mineralwasser. »Vergessen Sie es.«

»Genauso werden die Typen in unserem Mordfall in Griechenland beschrieben. Wir sollten sie wirklich fragen.«

»Hören Sie, wenn Ihnen Ihr Leben lieb ist, vergessen Sie den Quatsch. Wenn diese Leute tatsächlich etwas mit Ihrem Toten zu tun haben, dann war es ein Auftragsmord, so viel steht fest. Die werden niemals ihre Auftraggeber preisgeben. Niemals! Lieber sterben sie.«

»Wie zum Teufel soll ich dann die Täter finden? Oder erst mal Zusammenhänge verstehen, wenn hier alle blocken?«, fauchte Remos.

»Wenn Sie jetzt hinübergehen, ihnen eine Million versprechen, hören sie Ihnen womöglich zu. Bevor Sie aber eine Auskunft bekommen, müssen Sie erst das Geld hinblättern. Danach gibt es zwei Möglichkeiten: Entweder, die nehmen das Geld an sich und erschießen Sie sofort, oder sie beantworten höflich Ihre Fragen, nehmen das Geld und erschießen Sie dann. So mein Freund, und was haben Sie damit gewonnen? Nichts! In beiden Fällen bezahlen Sie mit Ihrem Leben. Capito?«

»Aber …«

»Kein Aber. Lassen Sie uns fertig essen und von hier verschwinden.«

Während sie sich schweigend der Pasta widmeten, grübelte Remos über Batrini nach.

Einerseits gab der den allwissenden Polizisten ab, der alles im Griff zu haben schien. Andererseits verhielt er sich wie jemand, der nach Anweisung handelte und jeden weiteren Schritt wohl bedenken musste. Die Spurensicherung hatte er ebenfalls noch nicht zur Wohnung beordert.

Remos war sich sehr sicher, dass sein Tischgenosse ganz genau wusste, was es mit der Beschatterei auf sich hatte und in wessen Auftrag diese Männer handelten.

Ausgiebig studierte er Batrinis Mimik.

Von Nervosität keine Spur. Entweder war er ein guter Schauspieler oder nur eiskalt. Diesen Verdacht hatte Remos schon in Wächters Wohnung gehegt. Batrini hatte die Räumlichkeiten bereits gekannt, dessen war er sich sicher.

»Fertig?« Batrini drängte plötzlich.

Sie zahlten und gingen schnellen Schrittes zum Auto. Als Batrini den Wagen starten wollte, sprang der nicht an. Er fluchte, stieg aus und öffnete die Motorhaube.

»Raus aus dem Wagen. Raus!«, schrie er Remos an.

Remos stieß geistesgegenwärtig die Beifahrertür auf und machte drei große Sätze auf den Bürgersteig, als er hinter sich einen dumpfen Knall hörte. Erschrocken drehte er sich um. Die Motorhaube stand in Flammen. Es war nur eine Frage der Zeit, bis der Wagen in die Luft fliegen würde. Batrini zog ihn weiter weg, während er gleichzeitig lautstark fluchend telefonierte.

Bestürzt starrte Remos auf das brennende Auto.

Plötzlich stoppte eine schwarze Limousine vor den Beamten. Die hintere Tür der Fahrerseite wurde aufgestoßen. Ein Mann im schwarzen Anzug und mit einer dicken Ray-Ban stieg aus. Remos zog tief die Luft ein und fragte sich für einen Augenblick, ob sein Leben jetzt tatsächlich zu Ende sei. Aber der Mann ignorierte ihn und ging auf Batrini zu.

»Commissario Batrini! Ihnen ist doch hoffentlich nichts zugestoßen?«, fragte der Typ süffisant. »Das war nur eine kleine Warnung für Sie und Ihren Freund. Halten Sie sich aus der Sache Wächter heraus. Das ist nicht Ihre

Angelegenheit. Wir wollen doch nicht, dass Ihnen oder Ihrem griechischen Kollegen etwas zustößt.« Ohne eine Antwort abzuwarten, zupfte er grinsend Batrinis Krawatte in Form und stieg in den Wagen zurück, der sogleich mit hohem Tempo davonfuhr.

In der Ferne waren die schrillen Feuerwehrsirenen zu hören.

»Ich krieg euch eines Tages, dann Gnade euch Gott, Ihr Dreckshunde«, zischte Batrini.

Irgendwann tauchte die Feuerwehr auf und eine Streife sammelte das Duo ein. Remos sprach kein Wort. Wie in Trance schüttelte er mit dem Kopf. Waren seine Gedanken während des Mittagessens so daneben gewesen? Nach diesem Vorfall konnte er Batrini noch weniger einschätzen als zuvor.

In Batrinis Büro warteten ein heißer Kaffee und frische Croissants. Die Nachricht von dem Anschlag hatte sich in Windeseile verbreitet.

»Hat jemand in Erfahrung gebracht, wo sich Reinhold Wächter aufhält?«, fragte Batrini in die Runde. Er tat, als wäre nichts geschehen. Mit keiner Silbe wurde der Anschlag erwähnt.

»Nein, Chef. Er ist wie vom Erdboden verschluckt«, antwortete Giovanni Cibella, der stets Blickkontakt mit Remos suchte.

»Ich muss meinen Vorgesetzten informieren. Haben Sie einen ruhigen Ort dafür?«, fragte Remos.

»Sie können mein Büro haben«, bot Cibella an.

Remos nickte zum Dank und folgte dem kleinen, rundlichen Mann, dessen Kopf rein optisch gar nicht auf den Körper passte.

»Wollten Sie mir etwas sagen?«, fragte Remos, als sie zwei Stockwerke höher in einem gemütlichen Büro angekommen waren. Der kleine Mann schob seine Nickelbrille nach oben, legte den Zeigefinger der rechten Hand auf den Mund und deutete Remos an, ruhig zu sein. »Mögen Sie Snap?«, fragte er zurück.

Die Antwort wurde vom lauten Sound der Gruppe mit einer eigenartigen Version von *I've Got The Power* erstickt. Remos sah Cibella achselzuckend an. Der antwortete mit Zeichen auf Lampe und Telefon, dann trat er ganz dicht an den Griechen heran.

»Das bleibt aber unter uns, Sie müssen es versprechen«, flüsterte er. »Ich kann Ihnen helfen.«

»Inwiefern?«

»Eine Menge Kleinkrimineller weiß mehr, als für sie gut ist. Mein Vorteil, ich erfahre meist alles, was ich wissen will«, schmunzelte er.

Zwei Stockwerke tiefer fluchte Batrini.

»Dieser verdammte Hurensohn. Jetzt versteht man wieder kein Wort. Scheiß Musik. Hoffentlich funktioniert die Abhörfunktion im Telefon.«

»Warum haben Sie mir das vorhin bei Ihrem Chef nicht gesagt?«, fragte Remos stutzig.

»Das geht nicht. Ich kann und darf Ihnen das nicht erklären. Es dauert allerdings ein paar Tage. Ich rate Ihnen, sich in der Zwischenzeit ruhig zu verhalten und sich von Batrini zu distanzieren.«

»Ich verstehe nicht …«

»Mann, kapier doch endlich. Tauch unter! Wähle eine Telefonnummer, von der du weißt, dass niemand rangeht, und ruf deinen Chef vom Handy aus an. Aber auch nicht vom Hotel aus!«

Remos begriff endlich. Also doch, Batrini war nicht sauber. Wortlos tauschte er mit Cibella die Visitenkarten. Sie nickten sich zu, gaben sich die Hände wie bei einer Verbrüderung und Cibella schaltete den CD-Player aus.

»Sie müssen wissen, ich brauche das manchmal. *Snap* ist für mich Stressbewältigung«, meinte er augenverdrehend.

»Na, mein Geschmack ist das ja nicht. Kann ich jetzt endlich mit meinem Chef in Griechenland telefonieren?«

Batrini ließ sich zufrieden in seinen Sessel sinken.

»Klappt doch«, rieb er sich die Hände und lachte in sich hinein.

Seine Freude schwankte keine drei Minuten später in geballten Zorn um, als er lediglich ein Freizeichen im Telefon vernahm und Remos sagen hörte: »Hm, meine Kollegen haben schon Feierabend. Egal, morgen ist auch noch ein Tag.«

Batrini konnte deutlich das Schließen der Bürotür vernehmen und schickte sich an, freundlich dreinzuschauen, als Remos bei ihm klopfte und eintrat.

»Was sagt Ihr Chef?«, fragte er scheinheilig.

»Ich konnte ihn nicht erreichen.«

»Na, dann darf ich Sie noch zu einem Umtrunk einladen?«

»Nein, danke, ich sollte ins Hotel gehen und den Tag verdauen.«

Remos verließ das Polizeigebäude, winkte einem Taxi, um zwei Straßen vorm Hotel wieder auszusteigen und den Rest zu Fuß zu gehen. Er nutzte den Fußmarsch, um mit seinem Chef zu telefonieren.

»Diamantopoulos.«

»Jasu, Georgio, Dimos eso.«

Remos berichtet ausführlich. Diamantopoulos riet ihm, das Hotelzimmer zu tauschen, die Rezeptionistin zu bestechen und sich ruhig zu verhalten. Er wolle sich inzwischen mit Welle beratschlagen und sich in der nächsten halben Stunde bei ihm melden.

†

Kapitel Neun

Delphi lag auf einer Höhe von etwa sechshundert Metern über dem Meer. Mittag war es, die Sonne brannte.

»Wir beginnen mit den oberen Ausgrabungen. Oberhalb des Theaters suchen wir uns ein Schattenplätzchen und plündern unseren Rucksack«, schlug Tula vor.

»Du kennst dich hier aus, ich folge dir.« Sie schlenderten vorbei an den sieben ionischen Säulen auf der Agora, einem kleinen Platz. Marschierten auf der heiligen Straße bergan bis zum Apollon-Tempel, von dem noch sechs Säulen aufrecht standen. Die Tatsache, dass es einmal achtunddreißig Säulen waren, ließ die Betrachter staunen.

»Ohne diesen Reiseführer durch Attika, den ich mir zum Glück gekauft habe, könnte man die ehemalige Größe der Gebäude hier gar nicht erahnen, die Reproduktionszeichnungen sind sehr hilfreich«, meinte Welle, während er von oben die Terrassenmauer des Tempels beäugte. Sie schleppten sich weiter über jahrtausendalte ausgetretene, glatte Steine, die einst eine Straße bildeten. Der Blick über das ganze Heiligtum entschädigte für die schweißtreibenden Anstrengungen. Es herrschten um die zweiunddreißig Grad, die man in dieser Höhenlage nicht vermutete. Welle tupfte sich die Stirn mit einem Taschentuch ab, das

Körperwasser rann ihm den Rücken hinunter. Auch Tula, die diese Temperaturen gewohnt sein musste, schwitzte vor sich hin.

»Pause, Durst«, stöhnte Welle.

»Komm, da drüben unter den Kiefern machen wir es uns bequem. Wir dürfen ruhig erledigt sein, schließlich haben wir gerade dreihundert Höhenmeter hinter uns gelassen.«

Sie waren oberhalb des Theaters mit seinen fünfunddreißig Sitzreihen angekommen. Welle zählte sie laut, so viel Zeit musste sein. Trollinger stürzte sich indes auf die Wasserschüssel, als sei er dem Verdursten nah.

Kauend erzählte Tula vom Mythos Delphi. Sie berichtete ausführlich über die Götter und das Medium Pythia, die im Rauschzustand die berühmten Orakel hervorstieß.

»Um diese Weissagungen zu erfahren, kamen nicht nur Privatleute nach Delphi, sondern auch offizielle Gesandtschaften aus Stadtstaaten. Orakelgebühren und Weihegaben machten Delphi reich. Der Ort erlangte großes Ansehen und war sogar als Vermittler in Staats- und den damaligen Stadtstaatsangelegenheiten gefragt.«

»Und alle haben dieser Pythia geglaubt?« Welle war zu sehr Realist, um an so einen Humbug zu glauben.

»Darf ich dich etwas Privates fragen?« Tula wechselte das Thema.

»Du darfst mich fragen, was immer du möchtest.«

»Warum ist so ein Mann wie du alleine?«

»Ich bin nicht alleine. Ich habe tolle Freunde, und ich habe Trollinger.«

»Peter, bitte. Ich weiß gar nichts von dir. Du warst doch sicherlich verheiratet?«

Welle versank in der Vergangenheit, Tula und die ganze Umgebung blendete er aus.

»Peter!«, drang es an sein Ohr. Tula berührte seinen Arm und stupste ihn leicht.

»Entschuldige. Ja, ich war verheiratet, und wir waren sehr glücklich. Bis Erika bei einem Autounfall ums Leben kam.« Welle sog tief den Duft der Kiefern ein.

»Oh, das tut mir leid«, sagte Tula und rutschte ein wenig von ihm weg. »Du musst nicht reden, wenn du nicht möchtest.«

»Nein, schon gut, es fällt mir nur schwer. Eigentlich rede ich nie darüber.«

Tula bewegte sich nicht, während Welle vor sich hinstarrte und wieder einen Augenblick schwieg.

»Nachdem wir uns nicht egal zu sein scheinen, hast du durchaus ein Recht darauf, Dinge aus meinem Leben zu erfahren. Meine Frau und ich hatten nie wirklich Streit, wir waren ein gutes Team. Sie war nie böse oder nachtragend, wenn ich mitten in der Nacht zum Einsatz gerufen wurde. Komisch, es ist das erste Mal, dass ich über Erika reden kann, ohne abgrundtiefe Wut auf den Unfallverursacher zu hegen oder mich selbst traurig zu fühlen.«

»Wie lang ist das her?«, fragte Tula vorsichtig.

»Es war 2008. Erika besuchte ihre Schwester in Stuttgart. Auf der Heimfahrt passierte es dann. Ihr Auto wurde von einem LKW unter einen anderen LKW geschoben. Der Fahrer war übermüdet und hat das Stauende nicht wahrgenommen.«

»Das tut mir wirklich leid«, flüsterte sie. »Und die Kinder? Konnten sie es verkraften?«

»Wir entschieden uns gegen Kinder wegen meines

Jobs. Leider. Im Nachhinein gesehen, hätte ich gerne welche gehabt. Aber jetzt genug davon, was ist das dort unten?«

Welle mochte nicht mehr über Vergangenes reden, die Gegenwart war ihm wichtiger. Er deutete auf das tief unter ihnen liegende Säulengebilde. Die drei optisch dominierenden Säulen wirkten von hier oben wie Zahnstocher aus der Vogelperspektive.

»Das ist das Athena-Heiligtum, ein Rundtempel. Wir gehen nachher dort hin«, sagte Tula. »Ein paar Höhenmeter hinter uns liegt das Stadion, ein riesiges Oval, was einmal siebentausend Zuschauer fasste. Wollen wir es besichtigen?«

»Also, ich muss da nicht unbedingt hin. Es ist gerade so angenehm … und dieser gigantische Blick.« Welle sah Tula spitzbübisch an, legte seinen Arm um sie und zog sie sanft an sich. »Rutsche ja nicht noch mal von mir weg! Woher weißt du so viel von der griechischen Geschichte und Mythologie?«

Ihre Antwort erstickte er zunächst mit seinen Lippen. Der Kuss schien unendlich.

»Ich war Geschichtslehrerin und habe in griechischer Mythologie promoviert«, stammelte Tula.

»Was, du bisch e Frau Doggdr? Jetzt kahn i nemme!« Welle erhob sich, deutete eine Verbeugung an. »Frau Doggdr, I glab, Sie hen mei Gfühle ganz sche durchnanna brocht. Kenndet se sich e gloi Liaison mit em pensionierde Griminaler, der als emol Sonderermiddler isch, vorschdelle?« Jetzt war es raus.

Tula sah ihn mit großen Augen an. Welle hatte die Sätze im breitesten Dialekt gesprochen.

»Ich habe nur knapp die Hälfte von dem verstanden, was du gesagt hast, könntest du es für mich verdeutschen?«

»Noi, i glab ned.«

Trollinger jagte um die beiden herum, als hoffte er, sein Herrchen würde mit ihm spielen. Sie beobachteten ihn, wie er im Zickzack über die Steine sprang.

»Aus! Bei der Hitze schbiela, kosch'd vergessa.« Welle rief seinen Hund herbei, um ihn schnell wieder anzuleinen, bevor es Ärger gab.

»Tula, wenn du dich auf mich einlassen solltest, kriegst du mich allerdings nicht alleine, Trollinger ist mit von der Partie«, grinste er, und reichte ihr die Hand, um sie hochzuziehen.

»Ja, Herr Kommissar, ich kann es mir sehr wohl vorstellen! Sagapo, agapi mou.«

»Was heißt das?«

»Hast du mir dein Badisch-Schwäbisch, was auch immer, übersetzt? Schau im Wörterbuch nach«, lachte sie und packte den restlichen Proviant ein.

»Na, das fängt ja gut an«, bemerkte Welle und half ihr.

»Was machst du, wenn du nicht ermittelst?«

»Ich treffe mich zweimal wöchentlich mit Freunden in unserem Stammlokal. Wir essen etwas Gutes, diskutieren über die neuesten Stadtnachrichten, fachsimpeln.«

»Sind das alles Polizisten?«

»Außer mir noch zwei. Dazu mein Freund Hans Häberle, ein pensionierter Richter, ein ebenfalls pensionierter Gymnasiallehrer sowie zwei Hochkaräter aus der Schmuckbranche, und alle zusammen sind wir die *Alten Hasen.*«

Tula lachte laut auf. »Die *Alten Hasen*. Na, das passt ja.«

»Hin und wieder taucht mein Nachfolger Igmar Keller auf. Zu Beginn konnten wir uns nicht ausstehen. An seinen Herzproblemen bin ich sicherlich nicht ganz unschuldig.«

»Wie das?« Tula sah Welle gespannt an.

»Unser Polizeichef verstand sich schon immer gut mit mir. Nachdem ich als Pensionär immer wieder unfreiwillig in Ermittlungen einbezogen wurde, bekam ich von ihm den Status eines Sonderermittlers übertragen. Keller ärgerte sich darüber maßlos. Mein ehemaliger Mitarbeiter Holger Kuhlmann, du wirst ihn mögen, freut sich immer. Kleine Sticheleien bleiben auch heute nicht aus.«

»Scheint ja eine unterhaltsame Runde zu sein. Und was treibst du, wenn du nicht beim Stammtisch bist?«

»Ich bin viel mit Trollinger unterwegs. Oft fahre ich nach Bad Wildbad und spaziere durchs Hochmoor. Es ist ein ziemlicher Fußmarsch, aber die Natur entschädigt.«

»Du machst mich richtig neugierig auf deine Heimat.«

»Schön, dann musst du mich ganz bald besuchen kommen.«

Bevor sie den Heimweg antraten, besichtigten sie das Areal des Athena-Heiligtums. Das lag auf der gegenüberliegenden Seite, angesiedelt auf einer Terrasse. Von den einst zwanzig Säulen standen nur noch drei, und die wurden 1938 wieder aufgerichtet, berichtete Tula. Reste der Schatzhäuser waren hier ebenso deutlich erkennbar wie im oberen Teil von Delphi. Der Untergrund bestand ebenfalls aus trockenem Waldboden, nur fehlten, im Gegensatz zur Hanglage, die Zypressen.

Auf dem Rückweg von diesem hypnotisierend wirkenden Ort kehrten sie noch einmal in einem kleinen Café mit einem lauschigen Plätzchen hinter einer Oleanderhecke ein. Welle war noch immer so berauscht von den kolossalen Wahrnehmungen in Delphi, dass er gar nicht auf Tulas erneutes ›sagapo‹ reagierte. Sie hätte es ihm sowieso nicht verraten, was es heißt. Aber er würde es herausfinden.

Sein Handy klingelte. Diamantopoulos störte das Idyll und berichtete in Stichpunkten vom Geschehen in Rom.

»Das hört sich gar nicht gut an. Ich kann dir nur empfehlen, deinen Mitarbeiter zurückzuholen, er ist sichtlich in Gefahr. Später sprechen wir weiter.« Welle beendete das Gespräch.

Tula sah ihn an, fragte aber nichts. Sie wusste wohl, wenn Polizisten über ihre Arbeit sprechen wollten, taten sie es von alleine. Niemals nachfragen, lautete die Devise.

*

In Rom tat Remos, wie ihm geheißen. Die Rezeptionistin zu bestechen, war eine seiner leichtesten Übungen. Allerdings verunsicherte ihn der Gedanke, dass überall Wanzen versteckt sein könnten, weshalb er nicht einmal wagte, laut zu denken. Ihm war unwohl, und er hielt es für klüger, seine Tasche gar nicht erst auszupacken. Später saß er an der Hotelbar, begann mit einer auffälligen Blonden Anfang zwanzig zu flirten, als eine SMS hereinkam.

Ruf mich sofort an! Georgios

Remos trat in den Hotelgarten und wählte.

»Du kommst sofort zurück. Nimm die Alitalia um

†

einundzwanzig Uhr vierzig. Die Kollegen im Flughafen wissen Bescheid und warten auf dich. Geh sofort zum Boarding-Schalter. Hinterlass keine Nachrichten, sicher ist sicher. Um die Hotelrechnung kümmern wir uns. Guten Flug. Ach ja, in Athen wirst du von Efdimios abgeholt.«

Remos blickte auf die Uhr. Der Rückruf kam ihm sehr entgegen. Er eilte in sein Zimmer, schnappte die noch nicht ausgepackte Tasche, verließ schnellen Schritts das Hotel und sprintete ein paar Straßenblocks weiter, bevor er ein Taxi stoppte. Sicher ist sicher, hatte sein Chef gesagt. Erst jetzt wurde ihm bewusst, in welcher Gefahr er sich befand. Eine Dreiviertelstunde später saß er im Büro der Flughafenpolizei. Kraftlos, nachdenklich und glücklich, nach Hause zu kommen.

⋆

Der Blick über das Meer, der Sonnenuntergang, ein Farbenspektrum aus Hell- und Dunkelblau, Orange und Glutrot. Jeden Abend sah es anders aus. Und immer wieder die Faszination, bis der rote Ball am Horizont in den Fluten versank. Diamantopoulos bestellte mehrere Spezialitäten. Welles Hand ruhte ganz offiziell auf Tulas.

»Hast du Remos zurückbeordert?«

»Ja. Wir treffen uns morgen im Athener Präsidium. Kann ich dich überreden mitzukommen? Es wird nicht so lange dauern.« Tula nickte Welle zu, nachdem sein Blick ihren gesucht hatte.

»Eigentlich könntet ihr beide mitkommen und im Anschluss durch die Plaka streifen oder der Akropolis einen Besuch abstatten. Nachmittags nehme ich euch wieder mit heim.«

»Meinetwegen«, sagte Tula. »Aber den restlichen Abend wird nicht mehr über den Fall gesprochen!«

Sie genossen ein vorzügliches Mahl. Welle war durchaus imstande, seine geliebten Spätzle gegen griechische Hausmannskost einzutauschen – zumindest für einen gewissen Zeitraum. Dazu schlürften sie zu dritt eine ordentliche Menge Wein und waren ausgelassen.

»Junge, Junge, zu Hause dürften wir in diesem Zustand nicht mehr fahren«, dröhnte Welles Bariton durch die Nacht.

»Hier auch nicht«, grölte Diamantopoulos.

Später begleitete Tula Welle auf seinem nächtlichen Gassigang mit Trollinger. Händchenhaltend schlenderten sie durch die Straßen von Alepochori. In dieser Nacht blieb Tulas Bett unbenutzt.

Kapitel Zehn

Sie fanden erst spät aus den Federn. Tula verschwand in der Küche, Welle zog eine extrem kurze Spazierrunde und verzichtete auf seinen Frühsport. Gleich nach dem Frühstück fuhren sie nach Athen.

»Gibt es eigentlich eine Uhrzeit, wo die Autobahn mal nicht verstopft ist?«, murmelte Welle in seinen Zweitagebart. Vor lauter Hektik hatte er sich tatsächlich zu rasieren vergessen.

Im Büro wartete Remos, um ausführlich zu berichten.

»Ich kann das Verhalten von diesem Salvatore Pionte nicht verstehen. Sie sind doch angehalten zu kooperieren. Batrini hätte auch nach dem Staatssekretär verlangen können. Der hat Macht und in vielen Dingen das Sagen. Was verheimlicht Kommissar Batrini? Hat er sich schmieren lassen? Warum war dieser Cibella so vorsichtig? Sicherlich nicht ohne Grund«, sagte Welle.

»Ich kann Cibella anrufen.«

»Auf gar keinen Fall. Wir müssen erst herausfinden, wem man tatsächlich trauen kann und wem nicht. Warum hat Batrini sich nicht an den Generalinspekteur der Gendarmeria Vaticana gewandt?«, fragte Diamantopoulos. »Peter, kennst du dich mit der Vatikanpolizei aus?«

»Nein. Ich hatte vor Jahren in einer Finanzsache zu tun. Da war die Truppe gerade umstrukturiert worden. Ich erinnere mich, dass man versuchte, den im Vatikan an höchster Stelle sitzenden *Opus-Dei*-Leuten den Stuhl unter ihren Hintern abzusägen.«

»Könnten wir uns auf deine damalige Zusammenarbeit berufen?«, fragte Diamantopoulos.

»Das wirft nur unnötige Fragen auf. Man müsste sich, wie gesagt, an den Staatssekretär wenden, mit der Bitte um eine Audienz beim Kardinalspräsidenten.«

»Lass mich bitte an deinem Wissen teilhaben. Warum kennst du dich im Vatikan aus?«, fragte Diamantopoulos, während Remos Welle irgendwie fasziniert anschaute.

»Ich kenne mich nicht aus, ich bin belesen. Der Kardinalspräsident hat die Gesetzesgewalt, außer in den Fällen, die der Papst sich selbst vorbehält. Also vermute ich einmal, dass er euer Gesprächspartner sein sollte. Ob und wie ihr an den herankommt, musst du herausfinden. Remos, haben Sie das Notizbuch noch? Ich würde gerne einen Blick hineinwerfen.«

»Natürlich, ich habe es ganz verdrängt.«

Mit einem Griff zog er es aus der Jackentasche. Welle lehnte sich zurück, bat um einen Kaffee und vertiefte sich in die Lektüre.

»Bischöfliche Namen, einige kenne ich aus den Medien. Politiker aus allen Bereichen Italiens nebst Deutschland und der schleimige ehemalige Staatspräsident. Der Kerl war doch auch schon Mitglied der *Propaganda due*. Am interessantesten ist aber die Soll-und-Haben-Spalte. Ich vermute, dass all diese Personen Mitglieder einer Vereinigung sind, vielleicht sogar der neuen *Propaganda quattro*. Alle könnten in einen Vereinstopf eingezahlt haben, um sich bei Bedarf daraus bedienen zu können – oder so ähnlich. Und nun ratet mal, wer hier auch auf der Liste steht«, forderte Welle seine griechischen Freunde auf.

»Sag schon, mach es nicht so spannend.«

»Sei nicht immer so eine Spaßbremse, mach dich locker!«, frotzelte Welle.

»Sie haben doch nicht etwa Francesco Batrini darauf entdeckt?«, fragte Remos leise.

»Bravo, mein Lieber!«

»Das erklärt einiges, aber ist er als Kommissar nicht ein zu kleines Licht am Himmel des Organisierten Verbrechens?«, fragte Diamantopoulos.

»Ich bin hin- und hergerissen«, überlegte Remos. »Vorstellen könnte ich es mir, denn es hatte den Anschein, als kenne Batrini den Pionte ganz gut. Er bezeichnete den Generalinspekteur als unkooperativ. Deshalb bevorzugte er einen Termin bei Pionte. Im Nachhinein kommt mir das abgekartet vor. Batrini erklärte mir anderseits Zusammenhänge der Geheimlogen und wie schlimm und betrügerisch die doch seien. Wenn er selbst mit involviert ist, ergibt das doch keinen Sinn.«

»Reines Ablenkungsmanöver!«, warf Diamantopoulos ein. »Cibella vermutet einen Zusammenhang, hat vielleicht Beweise oder ermittelt selbst. Jedenfalls traut er Batrini nicht über den Weg.«

Welle überflog die Namensliste in dem Notizbuch.

»Salvatore Pionte, da steht er ja.«

»Also läge es auf der Hand, dass Batrini durch Pionte in die Vereinigung aufgenommen wurde, da er für ihn als Bürge und Fürsprecher fungiert hat«, mutmaßte Remos.

»Könnte durchaus möglich sein. Mein Vorschlag: Alle

Namen checken, jede Kleinigkeit ist wichtig und jeder Zeitungsartikel, sei er noch so alt. Dann kann das Puzzlespiel erst beginnen. Euch bleibt nichts anderes übrig«, sagte Welle.

»Chef, ich kümmere mich darum«, bot Remos an.

»Und ich, mein Lieber, schnappe mir jetzt deine Mutter und gehe flanieren!« Welle erhob sich.

»Gut, Peter, und ich werde ein bisschen telefonieren. Wir sehen uns später.«

»Tula, meine Liebe«, rief Welle. Er schloss sie in die Arme und drückte ihr einen Kuss auf die Wange. Trollinger winselte an seinen Beinen und zollte somit seine Aufmerksamkeit.

»Guter Hund«, tätschelte ihn Welle, »nur keine Eifersucht.«

Die drei verließen gut gelaunt das Polizeigebäude in der Leoforos Alexandras. Tula winkte einem Taxi.

»Können wir nicht zu Fuß gehen?«, fragte Welle.

»Es sind knappe fünf Kilometer bis in die Plaka.«

»Schon überredet.«

Tula zeigte Welle ihre Lieblingsläden im ältesten Teil Athens am Fuße der Akropolis. Sie waren überschaubar, da die meisten dem Tourismus verschrieben waren, Nippes ohne Ende. Sie streiften durch enge Gassen, in denen sich immer wieder Reste des alten Griechenlands verbargen. Hier ein paar Tempelsäulen, die aussahen, als wären sie eben erst umgefallen. Und dort der Blick auf den Berg, auf dem die Akropolis seit mehr als dreitausend Jahren thront.

»Möchtest du hoch? Der Weg ist zwar schweißtreibend, aber der Ausblick wird sich heute lohnen. Es ist ein klarer

Tag ohne Smog. Von denen gibt es nicht allzu viele«, erklärte Tula.

»Mir ist zwar jetzt schon heiß, aber neugierig bin ich ja schon.«

Welle raubte es den Atem. Der Blick über Athen bis hinüber zum Meer war grandios. Der Erechtheion-Tempel, zweitgrößter Tempel neben dem Parthenon, zog ihn magisch an. Karyatiden, die sogenannten tragenden Frauengestalten, ersetzten die Säulen. Die sechs übergroßen Figuren wirkten relativ frisch restauriert.

»Es wird wohl noch sehr lange dauern, bis die letzte Baustelle hier verschwunden ist«, wehklagte Tula.

»Hm, euer Staat hat dafür eigentlich kein Geld, und dennoch wird weiter gebaut«, meinte Welle. Er wusste genau, dass man dieses Bauwerk nicht dem Verfall opfern durfte.

»Was war das einmal?«, fragte er.

»Das ist das Odeon des Herodes Atticus und dort ist das Dionysos-Theater.« Tula deutete in besagte Richtung.

»Sieht toll aus von hier oben! Wirklich herrlich! Und jetzt, meine Liebe, knurrt mein Magen. Lass uns den Abstieg vornehmen.«

Mühsam kämpften sie sich nach unten, gegen den heraufströmenden Touristenstrom aus geschätzt einhundert Japanern, die durchweg alle und alles fotografierten. Trollinger kläffte mehrmals, um auf sich aufmerksam zu machen, bevor ihn kleine japanische Füße trafen.

Tula steuerte eine kühle Taverne in der Plaka an.

»Hast du heute noch Ambitionen für weitere Besichtigungen?«, fragte sie.

»Ehrlich? Nein, ich bin platt. Es ist mir viel zu heiß. Die Luft steht, in Alepochori weht doch immer noch ein Windchen, das ist wesentlich angenehmer.«

»Dann ruf mal Georgios an, wie weit er ist. Andernfalls können wir auch mit dem Zug bis Megara fahren und von dort mit dem Bus oder Taxi nach Hause.«

»Peter! Schön, dass du anrufst. Wäre es möglich, dass ihr noch einmal ins Präsidium kommt? Es gibt Interessantes, was neuerer Entscheidungen bedürfte. Ich benötige deine Hilfe.«

»Gut, wir sind gleich da.«

Tula stoppte ein Taxi. Fünfzehn Minuten später betraten sie die Polizei-Zentraldirektion.

Diamantopoulos, Remos und ein hünenhafter Mann, der sich mit Miller vorstellte, und deren Vorgesetzter Nikos Malestos erwarteten Wellendorf-Renz.

»Sicherlich kennst du das Sprichwort: Wenn du viel tun sollst, tu gar nichts; du glaubst nicht, wie viel sich von allein erledigt«, begann Diamantopoulos geheimnisvoll.

»Sicher, lass hören.«

»Cibella hat sich bei Remos gemeldet, und zwar aus der Schweiz. Er habe zwei Tage Urlaub damit verbracht, Wächter ausfindig zu machen. Der ist in Eggiwil bei seinen Eltern. Cibella berichtete, dass Batrini davon nichts wisse. Nachdem Remos nicht erreichbar war, dachte er sich schon, dass er vorerst abgetaucht sei, so wie er es ihm geraten hatte. Generell ist Wächter bereit auszusagen, keinesfalls aber in Italien, da er befürchtet, so zu enden wie sein Bruder. Wächter möchte in ein Zeugenschutzprogramm. Cibella bräuchte sofortige Unterstützung, da er

†

selbst wieder nach Rom müsse. Wir haben beschlossen, Wächter nach Griechenland zu holen. Karl-Maria Miller wird in die Schweiz fliegen und ihn nach Athen begleiten. Miller dürfte am unauffälligsten sein.«

Welle konnte sich ein lautes Lachen nicht verkneifen.

»Unauffällig? Bei der Statur? Sorry! Junger Mann, sind Sie Schwerathlet oder so etwas Ähnliches?«

Miller verstand Welles Reaktion und grinste breit.

»Nein, aber ich war fünfzehn Jahre bei der Navy«, kam es mit amerikanischem Akzent.

»Miller arbeitet sporadisch für uns. Seine Vorzüge bestehen nicht nur in der Kraft und seinem scharfen Verstand, er ist darüber hinaus sechssprachig«, sagte Malestos stolz.

»Miller wird noch heute nach Basel fliegen, wo er Cibella und Wächter im Hotel ›Tivoli‹ treffen wird. Cibella fliegt zurück nach Rom. Miller bringt Wächter her. Was hältst du davon?«, fragte Diamantopoulos.

»Gut durchdacht«, sagt Welle. »Remos, konnten Sie etwas über die Namensliste herausfinden?«

»Wie Sie schon sagten, es handelt sich um hochrangige Bischöfe und Staatsvertreter. Ich müsste mich wieder an Batrini hängen, um weiterzukommen.«

»Das könnte unter Umständen nicht ganz ungefährlich werden«, gab Welle zu bedenken.

»Schon, aber ich kann mich herausreden, dass ich nach Wächter gesucht hätte. Gar nicht mehr auftauchen, würde Batrini nur stutzig machen. Wenn er das nächste Mal anruft, werde ich rangehen«, sagte Remos.

»Gegen dieses Argument gibt es nichts einzuwenden. Gebt ihm aber einen zweiten Mann mit und stattet sie mit zusätzlichen Handys aus. Diese Nummern dürfen auf keinen Fall weitergereicht werden!«, bestimmte Welle. »Ach ja, haben die Herren Ärzte den Streik beigelegt? Sicherlich wäre es hilfreich, die Todesursache von Andradisou zu erfahren!«

»Ich werde mich sofort darum kümmern«, sagte Malestos und erhob seinen rundlichen Körper. Er reichte Wellendorf-Renz die Hand, um sich überschwänglich für dessen Hilfe zu bedanken.

»Du hast sicherlich noch einiges zu erledigen, wir werden mit dem Bus zurückfahren«, wandte Welle sich an Diamantopoulos, nachdem die anderen das Büro verlassen hatten.

Am frühen Abend gönnte sich Welle seine Strandrunde, auf die er am Morgen verzichtet hatte. Tula begleitete ihn. Händchenhaltend balancierten sie über die Steinchen im Uferbereich. Das Meer war flach wie ein Brett und sehr angenehm auf der Haut. Der staubige Tag in Athen war anstrengend gewesen. Gemächlich zogen sie Bahn für Bahn durchs Wasser. Welle staunte, was für eine gute Schwimmerin Tula war. Übermütig tauchte er unter ihr hinweg und kniff sie dabei sanft in den Oberschenkel. Als sein Kopf die Wasseroberfläche durchbrach, traf ihn ein Schwall Salzwasser zur Strafe. Er hustete, Tula lachte. Wie ein verliebter Teenager schlang sie ihre Beine um seine Hüfte, hielt seinen Kopf fest und küsste ihn.

»Aber, aber, Frau Diamantopoulou, so in aller Öffentlichkeit?«

»Ach, sei doch still«, foppte sie zurück. »Siehst du jemanden außer uns?«

Nach einem leichten Abendessen machte Welle es sich vor dem Fernseher bequem. Fußball war angesagt. Zwar nur Freundschaftsspiel für einen guten Zweck, die Bundesligasaison war ja vorbei. Es spielte sein FC Bayern München gegen Dortmund. Seine Freunde neckten ihn ständig deswegen. Als Badener hat man Karlsruhe- oder allenfalls Stuttgart-Fan zu sein.

Trollinger lag zu seinen Füßen, Tula schlief neben ihm auf dem Sofa und Georgios verzog sich in seine Räumlichkeiten.

Lächelnd genoss Welle die heimelige Atmosphäre.

†

Kapitel Elf

Am darauffolgenden Tag fuhr das Kommissaren-Team nach Mavrolimni und Schinos, um abermals mit den Fischern zu sprechen. Wie vermutet, trafen sie die alten Männer im Kafenion am kleinen Hafen an. Sie unterhielten sich lange mit ihnen, erlangten aber keine neuen Erkenntnisse.

»Ich bin dir doch nur im Weg. Ständig musst du übersetzen«, sagte Welle auf der Fahrt nach Schinos.

»Red keinen Quatsch. Ich lerne von dir, auch wenn es nicht immer danach aussieht. Deine Art der Fragestellung fasziniert mich. Prägnant und hart wie Stahl bis zur Hinterlistigkeit. Nicht zu vergessen, die Portion Zynismus, die meist mitschwingt. Ach nein, schau, da kommt der Leichenwagen. Möchte wissen, wen Malestos bestochen hat, damit du zu deinem Ergebnis kommst.«

Diamantopoulos parkte den Wagen auf der kleinen Platia.

»Was heißt ›mein Ergebnis‹? Und was heißt ›bestochen‹? Ich denke, die Korruption ist rückläufig? Wie lange willst du denn warten, du hast einen Mord aufzuklären oder nicht? Sei mir nicht böse, aber eure Arbeitsmoral verstehe ich überhaupt nicht.«

»Stimmt. Manche Dinge werden sich wahrscheinlich nie ändern. Malestos schätzt dich sehr. Es war ihm richtig peinlich, dass durch den Streik noch keine Exhumierung stattfinden konnte.«

Es klopfte an der Autoscheibe.

»Sind Sie die Kommissare?«, fragte ein Junge von etwa vierzehn Jahren.

»Ja. Willst du uns etwas mitteilen? Dann steig ein«, sagte Diamantopoulos.

Der Junge gehorchte und setzte sich auf den Rücksitz.

»Ich war mit einem Freund drüben, in der kleinen Bucht. Wir haben gesehen, wie Onkel Nikos' Boot herausfuhr.«

»Nikos Andradisou war dein Onkel?«, fragte Diamantopoulos.

»Ja.«

»Was hast du genau gesehen?«

»Zunächst hörten wir das Boot. Es kam näher. Als es in guter Sichtweite zu uns war, wurde der Motor ausgeschaltet. Einer der Männer mit Taucheranzug, es war einer der Schweizer Brüder, die sich beim Onkel öfters das Boot gemietet hatten. Jedenfalls brüllte der einen gut gekleideten Mann mit Sonnenbrille an. Beide standen auf und begannen zu raufen. Das Boot schwankte. Ich dachte, es würde kippen.«

»Bist du dir sicher, dass es einer der Brüder war?«

»Ja, ich kannte ihn doch.«

»Waren die beiden allein?«

»Nein. Da war noch der zweite Mann, ebenfalls im Taucheranzug, er hing über dem Bug und bewegte sich nicht. Ich glaube, es war der andere Schweizer. Der Typ mit Sonnenbrille hatte ihn von hinten geschlagen, bevor er umfiel. Das konnten wir genau erkennen.«

†

»Was passierte dann?«

»Es wurde geschrien und gekämpft, bis auch der zweite Mann im Boot zusammensackte. Dann waren beide außer Gefecht. Plötzlich fiel ein Schuss. Der Typ mit Sonnenbrille blickte sich um. Wir hatten Angst, dass er uns entdeckt und duckten uns hinter einem Strauch. Wir hörten den Motor starten und sahen, wie er in entgegengesetzter Richtung verschwand. Durch den Bergvorsprung konnten wir ihn nicht mehr sehen.«

»Da waren alle Männer noch auf dem Boot?«

»Ja, alle drei. Aber die beiden im Taucheranzug bewegten sich nicht.«

»Bist du dir ganz sicher?«

»Ja.«

»Meinst du, du könntest das Gesicht des Mannes wiedererkennen, zum Beispiel auf einem Foto?«

»Ochi.«

»Schade, aber sag, wie heißt du eigentlich?«

»Vasili. Vasili Andradisou.«

»Hast du zu Hause berichtet, was ihr gesehen habt?«

»Ja, aber die Familie wollte, dass wir Ihnen nichts sagen. Sie haben jetzt immer noch Angst, dass diese Italiener zurückkommen. Außerdem ging es dem Onkel nicht gut. Er sollte sich nicht noch mehr aufregen.«

»Aber den Schuss haben doch bestimmt auch andere im Dorf gehört?«, fragte Welle den Jungen; Diamantopoulos übersetzte.

»Das hat so laut geknallt. Es müssten viele gehört haben. Nur wird Ihnen das niemand bestätigen. Sie haben alle fürchterliche Angst.«

»Okay. Du bist ein mutiger junger Mann, Vasili

Andradisou! Danke, dass du den Mut gefunden hast, mit uns zu sprechen«, sagte Diamantopoulos.

Augenblicklich verschwand Vasili.

»Ich fasse es nicht. Ein ganzes Dorf verschweigt die Wahrheit«, sagte Welle.

»Ich kenne hier einen Imker recht gut. Wir werden ihm einen Besuch abstatten.«

Es waren nur wenige Schritte zu Fuß. Das Häuschen lag an einem Hang neben der Straße.

Nach ewigem Hin und Her, wildem Gestikulieren und einer lautstarken Aussprache, von der Welle kein Wort verstand, bot der Imker Lefteri Mamaras den beiden Kommissaren ein kühles Plätzchen unter Zitronenbäumen an. Die typisch griechischen blauen Holzstühle hatten ihre besten Tage hinter sich gelassen. Sie waren alles andere als bequem, hatten aber den gewissen Kultstatus und passten optisch immer ins Bild.

»Harter Brocken, der Kerl«, flüsterte Diamantopoulos Welle zu.

Welle beobachtete den Greis, wie er mit seinen rauen, schwieligen Händen eine Flasche *Tsípouro* auf den Tisch stellte. Gemächlich nahm er einen Tonkrug, schlurfte über wackelige Steinplatten, um den Krug mit seinem eigenen Brunnenwasser aufzufüllen. Er schenkte die Gläser zu zwei Dritteln mit dem selbstgebrannten klaren Tresterschnaps voll und kippte einen Minischluck Wasser hinzu. Die Mischung ließ Welle einen tiefen Seufzer entfahren.

»Lefteri«, begann Diamantopoulos. »Bitte sag uns, was du im Zusammenhang mit den Italienern gesehen oder gehört hast.«

Welle konnte keinerlei Regung in dem zerfurchten Gesicht des Imkers erkennen. Er bewegte sich nicht einmal. Unsagbar langsam griff er nach seinem Glas, nickte den Kommissaren zu, nippte und stellte es in Zeitlupentempo wieder ab.

»Lefteri, bitte!«, setzte Diamantopoulos erneut an. »Du, ihr alle, ihr könnt nicht ewig schweigen. Ist dir bewusst, dass ihr mit dieser Ignoranz einen Mord deckt? Wie sollen wir die Täter finden, wenn alle den Mund halten?«

Der Alte blickte Wellendorf-Renz an, als wartete er auf ein Zeichen von ihm. In seinen Augen spiegelte sich Angst.

Welle nickte ihm aufmunternd zu.

»Wenn es denn sein muss …« Er begann zögernd und nahm noch einen Schluck.

»Ich sah die Brüder häufig. Schließlich mussten sie jedes Mal an meinem Haus vorbei. Von dort oben aus«, er deutete auf den gegenüberliegenden Hügel, »habe ich sie gesehen, bevor sie tauchten. Oft saßen sie aber auch nur im Boot.«

»Weil sie sicher sein wollten, dass man ihre Gespräche nicht belauscht?«, fragte Diamantopoulos.

»Man könnte es meinen. Jedenfalls waren es nette junge Menschen. Sie grüßten immer, brachten mir sogar einen Oktopus, den sie harpuniert hatten. Es schien alles gut, bis dieser Mietwagen auftauchte. Auch wenn so ein Wagen mit Klimaanlage ausgestattet ist, kannst du mir bitte verraten, wer so beknackt ist und bei dreißig Grad im Anzug herumläuft? Und das hier, in dieser Gegend?«

Lefteri Mamaras regte sich sehr auf, griff nach seinem

Glas, zischte ein kurzes »Jamas« und nahm einen kräftigen Schluck.

»Wie kommst du darauf, dass es ein Mietwagen war?«

»Weil auf der Windschutzscheibe der Aufkleber einer Autovermietung zu sehen war.«

»Von welcher?«

»Keine Ahnung. Ohne Brille kann ich das nun wahrlich nicht mehr entziffern. Aber er war grün.«

»Das Auto?«

»Der Aufkleber.«

»Lefteri, hast du an dem Tag, als der Schuss fiel, etwas Ungewöhnliches gesehen?«

Mamaras Mine gefror.

»Die Jungs waren gut drauf, ich war im Begriff nach Hause zu gehen, als ich die beiden am Hafen traf. Sie luden Tauchutensilien in das Boot, eine kleine Kühltasche war auch dabei. Dann zogen sie sich um, schoben das Boot ins Wasser, als dieses Auto angerast kam. Stell dir das vor, der Wagen kam in mörderischem Tempo die enge Gasse herunter, fuhr eine schwarze Katze tot, bremste und rutschte beinahe ins Wasser. Die beiden Jungs wollten fort. Ich erkannte die plötzliche Panik in ihren Gesichtern. Die Autotüren wurden aufgerissen, dabei schlug der Fahrer mit seiner Tür an dem weißen Eckpfeiler an und beschädigte ihn erheblich. Eigentlich müsste der Schaden noch sichtbar sein. Jedenfalls sprang der Beifahrer in letzter Sekunde mit in das Boot und trieb die Zwillinge an den Bug. Dann steuerte er den Kahn aus der Bucht. Bis auf das Fluchen des Fahrers sagte niemand etwas. Komisch.«

»Was passierte dann?«

»Das Auto fuhr rückwärts die Gasse wieder hoch,

überrollte das arme Vieh ein zweites Mal.« Mamaras bekreuzigte sich. »Dann bog es in Richtung Loutraki ab. Ehe ich die Platia erreicht hatte, knallte es. Es war eindeutig ein Schuss.«

»Bist du irgendeinem, ich meine den Brüdern oder den Männern mit den Anzügen, nochmals begegnet, oder hast du den Wagen gesehen?«

»Nein. Am Abend lag das Boot festgemacht an der Boje. Ich besuchte Nikos. Der meinte, von allem nichts mitbekommen zu haben. Er hat wohl geschlafen. Ihm ging es nicht gut. Deshalb verstehe ich auch nicht, warum er am nächsten Morgen unbedingt hinaus aufs Meer musste. Wozu? Warum? Jetzt ist er tot.«

Mamaras war ergriffen.

Diamantopoulos klopfte ihm freundschaftlich auf die Schulter.

»Danke, mein Freund. Lass uns auf Nikos trinken!«

»Frag ihn doch bitte, ob er hier in der Umgebung jemanden kennt, der eine Pistole besitzt«, bat Welle.

»Hast du deinen Kollegen nicht über griechische Verhältnisse informiert?«, brummte der Imker und stand auf.

Noch bevor Diamantopoulos etwas erklären konnte, legte Lefteri Mamaras eine funktionstüchtige Pistole und ein Gewehr auf den Tisch.

»Ich kenne höchstens Menschen, die keine Waffen zu Hause haben. In der abgelegenen Gegend hier schützt jeder sich und sein Eigentum. Hellas ist nicht mehr das, was es einmal war. Die vielen illegalen Einwanderer machen uns das Leben noch schwerer. Und was wird dagegen unternommen? Nichts, und das seit Jahren. Ich bin überzeugt, dass von deinen Kollegen, lieber Georgios, weiterhin etliche mit Bestechung einiges nebenher verdienen«, schimpfte der Imker.

Diamantopoulos wusste zu gut, dass der Alte recht hatte, ignorierte aber die Anschuldigung, um nicht unnötige Aggression zu schüren.

»Ich danke dir für deine Ehrlichkeit und deine Zeit. Jetzt können wir den Tathergang wenigstens rekonstruieren.«

Welle ließ sich während der Rückfahrt nach Alepochori genauestens über die lockere Handhabung des Waffengesetzes aufklären. Er konnte es nicht gutheißen, musste es einfach akzeptieren. Andere Länder, andere Sitten.

»Es ist zutreffend, was Lefteri sagte. Wenn du noch weiter in die Bergdörfer vordringst, begegnen dir zuhauf zerschossene Verkehrsschilder. Die Leute müssen sich schützen. Leider mehr gegen Einbrecher als gegen unliebsames Wild. Die Waffe, geschweige denn den Eigentümer der Waffe zu finden, ist ein sinnloses Unterfangen. Unsere Täter haben sich gut vorbereitet. Ich nehme an, sie haben vor der Einreise Kontakte zum Schwarzmarkt in Athen geknüpft. Ich kann mir nicht vorstellen, dass eine Waffe durch die Sicherheitskontrollen am Flughafen gelangt. Obwohl …« Der Satz blieb unvollendet. »Ich lasse dich an der Kreuzung zu uns raus und fahre gleich weiter. Ist das in Ordnung?«

»Ja, sicher«, antwortete Welle knapp.

Welle spürte ein Schütteln, bis er endlich aus seinen Nachmittagsträumen erwachte. Tula hielt ihm das Telefon ans Ohr. Was er hörte, ließ ihn aufschreien.

»Was? Das kann doch nicht wahr sein. Wer, verdammt, wusste davon? – Und jetzt? – Aha. Gut. – Auf jeden Fall! – Ja, bis gleich.«

»Um Himmelswillen, Peter, was ist denn passiert?«, wollte Tula wissen.

»Sei mir nicht böse, jetzt nicht. Ich muss nachdenken.«

Welle schlurfte ins Bad, warf sich eine Handvoll Wasser ins Gesicht, schnappte sich Trollinger und verließ das Haus.

Er beschloss, Georgios entgegenzugehen. Welle grübelte über den Kurzbericht von Diamantopoulos. Als er am Kiesstrand angekommen war, traf er auf die Würzburger, die samt Hund um die Wette schwammen. Er winkte und rief ihnen zu. »Das ist filmreif!«

Trixi schwamm an Land, um sich vor ihm ausgiebig das Wasser aus dem Fell zu schütteln. Welle ließ Trollinger von der Leine. Die Hunde beschnupperten sich und jagten am Strand entlang.

»Hallo, Peter«, begrüßte ihn Ingrid. »Ich hab dich noch gar nicht schwimmen sehen. Das Wasser ist so herrlich!«

»Doch, doch, ich genieße es täglich. Allerdings bin ich nicht auf die Idee gekommen, Trollinger mitzunehmen.«

Die Hunde tobten über den Kies, rannten übermütig ins Meer und wieder heraus. Patrik rief vom Wasser aus seine Hündin, hielt dabei eine Frisbee-Scheibe hoch und warf sie. Trixi schaute ihr nach, stürmte ins Meer und schwamm, um sie zu holen. Trollinger zögerte zunächst einen Moment, dann tat er es ihr gleich.

»Ich wusste gar nicht, dass mein Hund so ein guter Schwimmer ist.«

»Trixi kann das stundenlang machen. Pass auf, wenn sie gleich damit rauskommt. Man muss ihr die Scheibe abnehmen, bevor sie Boden unter den Pfoten hat, sonst gibt sie sie nicht mehr her.« Ingrid warf noch einige Male das Spielzeug ins Wasser. Trollinger gewann sogar ein Wettschwimmen, lag dann aber japsend neben Herrchens Füßen.

»Tja, mein Guter, bist halt nicht mehr der Jüngste«, tätschelte Welle seinen Hund. »Ich muss weiter. Man sieht sich.« Als er im Dorf angekommen war, kam Diamantopoulos gerade die Hauptstraße entlang gefahren. Er winkte Welle zu und parkte den Wagen.

»Komm, wir trinken in der ›Ouzeri‹ etwas.«

»Gerne, ruf aber bitte deine Mutter an, damit sie sich keine Sorgen macht. Ich bin etwas mürrisch davongegangen.«

Diamantopoulos bestellte zwei Ouzo mit Wasser und ein paar gebratene Sardellen, die mit Kopf und Schwanz verspeist wurden. Welle liebte diese unkomplizierte Art eines kleinen Imbisses.

»Giovanni Cibella bezahlte im Hotel ›Tivoli‹ in Basel gerade die Zimmerrechnung, als Miller die Hotelhalle betrat. Die Männer begrüßten sich kurz und fuhren mit dem Aufzug in die vierte Etage, um Reinhold Wächter zu holen. Wächter lag mit Würgeanfällen auf dem Boden. Während Miller Erste Hilfe leistete, rief Cibella den Rettungsdienst. Da er nicht einordnen konnte, was die Ursache für Wächters Zustand war, durchkämmte er das Hotel nach Verdächtigen. Als der Notarzt eintraf, war Wächter bewusstlos. Miller schnappte sich Wächters gepackte Tasche, verabschiedete sich von Cibella und fuhr im Krankenwagen mit.

Während Wächter behandelt wurde, diskutierte Miller mit dem Chefarzt, um die Sicherheit seines Schützlings zu gewährleisten. Dies war wohl nicht ganz so einfach, da es den Schweizern an Verständnis fehlte. Miller wollte vermeiden, dass die Kantonspolizei mit einbezogen wurde. Irgendwie gelang es ihm dann doch noch, den Arzt zu überzeugen. Wächter erhielt im Laufe der Nacht mehrere Infusionen. Sein Zustand verbesserte sich, er erlangte rasch sein Bewusstsein zurück. Durch zahlreiche Schnelltests tendierte man zu einer kaum nachweisbaren Lebensmittelvergiftung. Vor einer Stunde gaben die Ärzte für den Flug nach Athen ihr Okay. Miller wird die ganze Nacht nicht von Wächters Seite weichen. Die Maschine landet morgen Mittag«, schloss Diamantopoulos seinen ausführlichen Bericht.

»Lebensmittelvergiftung? Warum glaube ich nicht daran?«, sagte Welle.

»Ich glaube es auch nicht. Wir können jetzt aber Cibella nicht anrufen und ihn danach fragen, ohne ihn in Gefahr zu bringen.«

»Könnte es in eurem Präsidium ein Leck geben?«

»Ich hoffe inbrünstig, dass dies nicht der Fall ist«, knirschte Diamantopoulos. »Kann ich dich bitte überreden, morgen mitzukommen und die Befragung zu übernehmen?«

Der Pforzheimer war nun so tief in diesen Fall hineingerutscht, dass er die Bitte nicht abschlagen konnte. Er hatte seinen griechischen Kollegen Georgios Diamantopoulos ins Herz geschlossen und freute sich, ihm mit seiner Kompetenz behilflich sein zu können.

»Ich komme mit.«

Kapitel Zwölf

Am Morgen ließ Welle Tula und Trollinger mit Wehmut zurück. Er haderte noch immer mit seinen Gefühlen.

Auf der Autobahn gab es einen schweren Unfall mit mehreren PKW. Es ging sehr zähflüssig voran. Diamantopoulos schien genervt. Er fuhr Abkürzungen; Welle zweifelte daran, jemals am Polizeipräsidium anzukommen. Einen Vorteil hatte es allerdings: Er lernte Ecken von Athen kennen, in die sich im Normalfall kein Tourist verirrte.

Eine halbe Stunde nach Betreten des Büros traf Miller mit Wächter ein.

»Er klagt über Übelkeit und sagt, er hätte Magenkrämpfe. Ich nehme es ihm wirklich ab, so wie der aussieht«, erklärte Karl-Maria Miller. Sein Schützling schien jedoch äußerlich völlig unversehrt.

Die Beamten beobachteten Wächter durch das Spiegelglas.

»Danke, Miller, sehr gute Arbeit«, sagte Diamantopoulos. »Sie haben leider nur drei Stunden Zeit, bis Ihre Maschine nach Rom geht. Sie werden Dimos Remos begleiten. Bitte, lassen Sie ihn nicht aus den Augen. Machen Sie sich unsichtbar und greifen Sie nur im Notfall ein. Ich weiß nicht, was die Kollegen vor Ort für ein Spiel spielen, und ich weiß auch nicht, mit wem wir es zu tun haben. Hier haben Sie ein abhörsicheres Handy für die Kommunikation zwischen uns. Viel Glück.«

Diamantopoulos verabschiedet sich von Miller und Remos. Er zog Welle mit in das Verhörzimmer.

»Das ist Hauptkommissar Wellendorf-Renz, Sonderermittler eines Kriminalkommissariats in Deutschland, er wird die Befragung führen«, erklärte Diamantopoulos und setzte sich Wächter gegenüber, der ihn verstört ansah.

»Wie fühlen Sie sich?«, fragte Welle.

»Miserabel. Kann ich bitte einen Tee bekommen?«

Welle nickte seinem Kollegen zu, der sofort um Tee bat.

»Warum wurde Ihr Bruder ermordet?«

»Ich weiß es nicht.«

»Was waren das für Männer, die Sie verfolgten?«

»Ich weiß es nicht.«

»Warum hielten Sie sich mit Ihrem Bruder in Griechenland auf?«

»Wir machten Urlaub. Wir wollten tauchen, reden, Pläne für die Zukunft schmieden.«

»Na, wenigstens etwas.« Welles Zynismus war nicht zu überhören. »Gab es etwas Bestimmtes zu bereden?«

»Nur Allgemeines, worüber Brüder sich so unterhalten.«

»Ihr Bruder war in der Schweizer Garde?«

»Ja.«

»Hat die Garde mit seinem Tod zu tun?«

»Nein.«

»Wer dann?«

Welle sah Wächter prüfend an. Unbehagen schien sich in dem Schweizer breitzumachen. Er rieb sich den Bauch, verschränkte die Arme davor.

»Ich kann es Ihnen nicht sagen.«

»Doch, Sie können! Sie wollen nicht.«

Schweigen. Der Tee wurde gebracht. Diamantopoulos warf Welle einen vielsagenden Blick zu.

»Was machen Sie beruflich?«

»Ich vermittle Immobilien und Kredite.«

»Gehört der Vatikan zufällig zu Ihren Klienten?«

Wächter verschluckte sich am heißen Tee.

»Nein! Wie kommen Sie denn darauf?«, fragte er erschrocken.

»Sie wollen mir ernsthaft erzählen, dass man derzeit in Rom, wo alle Preise explodiert sind und die Bevölkerung kein Geld in den Taschen hat, mit Immobilien und Kreditvermittlung so viel Geld verdienen kann, dass man, wie Sie, sich im Nobelviertel Campo Marzio eine Luxuswohnung leisten kann?«

»Das war Glücksache, die Klientel stimmte«, stammelte Wächter.

»So, so. Dann können Sie mir sicherlich sagen, wen Sie von Ihrer Kundschaft verärgert haben? Ihre Wohnung wurde verwüstet.«

»Was, meine Wohnung? … Nein, kann ich nicht.«

»Aber welcher Bruderschaft Sie angehören, können Sie mir verraten?«

»Ich gehöre keiner Loge an.«

»Haben Sie Ihren Laptop aus der Wohnung mitgenommen?«

»Nein, habe ich nicht.«

»Herr Wächter, so kommen wir nicht weiter. Vor wem haben Sie Angst?«

Wächter wiegte seinen Körper leicht vor und zurück,

blickte nur kurz auf. Welle sah ihm die Schmerzen an, er musste sich beeilen, lange würde Wächter nicht mehr durchhalten.

»Wir wissen, dass Sie mit Ihrem Bruder Streit hatten. Dabei beschuldigte er Sie der Zugehörigkeit zu einer Bruderschaft. In Ihrer Wohnung befinden sich unzählige Bücher über alle möglichen Vereinigungen. Also bitte, lassen Sie sich nicht alles aus der Nase ziehen!« Welle verschärfte seinen Ton erheblich.

Wächter schwieg beharrlich.

»Wofür benötigen Sie die Aufzeichnungen über die P2 und P3? Wo befindet sich der Anschlussordner, es gibt doch einen?«

Welle sog hörbar die Luft ein. Wächter rührte sich nicht.

»Sagt Ihnen die *Propaganda quattro* etwas?«

»Das wissen Sie doch. Wenn ich Material über die Vorgängerlogen habe, werde ich die wohl auch kennen.«

»Haben Sie Geschäfte mit Mitgliedern dieser Logen gemacht oder vielleicht in deren Auftrag gehandelt. Oder haben Sie die Leute erpresst?«

Wieder schwieg Wächter. Welle wähnte sich kurz vor dem Durchbruch und setzte jetzt gezielt an.

»Kennen Sie Francesco Batrini?«

»Wenn Sie den italienischen Commissario meinen, ja. Und nein, ich habe keine Geschäfte mit ihm gemacht. Und ja, er ist korrupt.«

»Wenn Sie das so genau wissen, müssen Sie ihn doch näher kennen«, warf Diamantopoulos ein.

Welle warf ihm einen rügenden Blick zu. Er konnte es nicht leiden, wenn man sich in seine Befragungen einmischte. Was sein Kollege natürlich nicht wissen konnte.

Diamantopoulos zuckte entschuldigend mit den Schultern.

»Nein. Mein Bruder erwähnte einmal, dass Batrini oft in Begleitung einiger Bischöfe gesehen wurde. Genaueres weiß ich darüber nicht.«

»Dann kennen Sie sicherlich auch Giovanni Cibella?«, fragte Welle.

»Ja, der ist ganz in Ordnung. Wenn ich mich nicht täusche, hat er einen Verwandten im Vatikan. Cibella und Batrini sind sich jedenfalls nicht grün.«

»Hatte Ihr Bruder Feinde?«

»Nicht dass ich wüsste.«

»War Ihr Bruder ein heimliches Logenmitglied?«

»Joseph? Niemals! Er wäre für den Papst gestorben, ehe …«

»Ehe was?«

Wächter starrte vor sich hin.

Welle knallte mit der flachen Hand auf den Tisch, sodass Wächter zusammenfuhr.

»Verdammt noch mal, was soll das Theater? Wenn Sie wissen, und ich bin davon überzeugt, dass Sie es wissen, wer Ihren Bruder getötet hat, müssen Sie uns das sagen!«

Wächters Blick veränderte sich nicht. »Dann bin ich als Nächstes dran«, sagte er leise.

»So reden Sie endlich. Wenn es so kommt, wie ich vermute, dann bekommen Sie Ihr Zeugenschutzprogramm. Haben Sie sich aus Angst Hals über Kopf in die Schweiz abgesetzt, weil Sie um Ihr Leben fürchten?«

»Ich habe nur meine Eltern besucht.«

»Und sie damit ebenfalls in Gefahr gebracht! Sind Sie so naiv zu glauben, Sie wären in der Schweiz sicher gewesen? Wenn die Kerle Sie in Griechenland ausfindig gemacht haben, wäre es wohl kein Problem gewesen, Sie in der Schweiz ebenfalls zu finden. Erklären Sie uns bitte, warum Sie Ihren Eltern nichts vom Tod Ihres Bruders gesagt haben. Sie haben es absichtlich verschwiegen!«, zischte Welle.

Wächter saß reglos da. Minuten der Stille vergingen. Plötzlich schmetterte der Sonderermittler das kleine Notizbuch mit den Aufzeichnungen auf den Tisch und schob es dem Befragten hinüber.

Reinhold Wächter starrte es an. Wie aus dem Nichts heraus wurde sein Körper gebeutelt. Sein Gesicht, erst schmerzverzerrt, dann tränenüberströmt. Die Hände krampften sich über seinem Bauch zusammen. Er sah die Kommissare mitleiderregend an.

»Das ist alles meine Schuld«, presste er heraus. Dann kippte er seitlich vom Stuhl.

Diamantopoulos rannte aus dem Raum. Welle beugte sich über Wächter, fühlte seinen Puls.

»Er lebt noch, beeil dich«, rief er hinterher.

Ein Rettungswagen war wenige Minuten später zur Stelle. Wächter wurde in ein nahegelegenes Krankenhaus gebracht. Diamantopoulos ordnete Bewachung an.

Die beiden Kommissare schwiegen sich eine gefühlte Ewigkeit an. Tranken einen normalen Kaffee, Welle bestand darauf.

»Gamo to! Gamisu!«, schrie Diamantopoulos plötzlich wütend.

»Was?« Welle schaute ihn fragend an.

»Ich habe unflätig geflucht.«

»Und was?«

»Scheiße! Leck mich am Arsch!«

»Sag es doch gleich.«

»Was meintest du vorhin mit ›Wenn es kommt, wie du vermutest‹?«

»Ich hätte da mehrere Möglichkeiten anzubieten. Die wahrscheinlichste wird sein, Reinhold Wächter war in etwas Mieses verwickelt. Sein Bruder bekam Wind davon, wurde eventuell zu neugierig oder drohte sogar, die Sache auffliegen zu lassen. Das war sein Todesurteil. Er musste aus dem Weg geräumt werden.«

»Und von wem?«

»Sehr gute Frage. Sicher steht die Antwort in diesem Notizbuch, wir müssen sie nur finden. Ich nehme es als Bettlektüre mit, wenn ich darf.«

»Kein Problem, wenn du dir etwas davon erhoffst.«

»Gibt es Neues von der Gerichtsmedizin über Andradisou?«

»Noch nicht.«

Am späten Nachmittag begab sich das Kommissars-Duo auf den Heimweg nach Alepochori. Diamantopoulos fuhr diesmal die alte Straße zwischen Meer und Autobahn entlang.

»Na, hier ist es ja mal viel angenehmer als auf dem Highway«, meinte Welle.

Irgendwo an der Küstenstraße bog Diamantopoulos links auf einen kleinen, sandigen Parkplatz ein, der am Strand endete. Dürre, vom Wind verbogene Bäumchen standen umgeben von spärlichem Gras und ein paar wenigen blühenden Pflänzchen im Sand fest verankert.

Drei Bergungskähne waren in Ufernähe mit einem verrosteten Tanker beschäftigt, der auf dem Meeresboden aufgelaufen war.

»Der Pott liegt aber auch nicht erst seit gestern da«, bemerkte Welle trocken.

»Etwa sechs Jahre. Ich wollte ihn dir zeigen, bevor er weg ist.«

Welle pfiff nickend dazu. »Da ist die Bergungsmannschaft ja richtig flott!«

»Aber auch nur, weil es Ärger mit den internationalen Behörden gab.«

»Sind die Tanks wenigstens leer?«

»Ja, die hat man ausgepumpt, ein Jahr, nachdem der Tanker auf Grund gelaufen war.« Er wusste, dass er nicht lange auf Welles Sarkasmus verzichten musste. Der stand mit Händen in der Hosentasche da und beäugte das Treiben vor sich.

»Nach einem Jahr? Alle Achtung, das ging ja richtig schnell.« Welle sarkastisch, wie erwartet.

»Magst du Muscheln?«, fragte Diamantopoulos.

»Oh ja! Gibt es hier frische?«

»Ein paar Dörfer weiter in Peramos kenne ich einen Fischer, der eine Muschelfarm hat. Wir holen uns eine ordentliche Portion. Magst du sie lieber mit Tomaten- oder Weißweinsoße?«

»Kommt darauf an. Wenn mindestens drei Knoblauchzehen, Majoran und Thymian an der frischen Tomatensoße sind, dann die. Schneller geht es mit der Weißweinsoße. Aber mit eurem Wein kann ich sie mir nicht so recht vorstellen. Ich entscheide mich somit für die Tomatensoße.«

†

»Der Feinschmecker lässt grüßen«, lachte Diamantopoulos.

»Dann nehmen wir gleich bei Bauern ein paar Kilo Tomaten mit. Die restlichen Zutaten gibt unser Garten her. Hast du Lust, mit mir zusammen zu kochen?«

»Meinst du wirklich, deine Mutter überlässt uns die Küche?«

»Wir schicken sie mit Trollinger zum Spazierengehen. Sie ist sicher neugierig, was ihre beiden Männer zaubern und welches Küchenchaos sie hinterlassen.«

Es kam tatsächlich so. Tula drückte Welle einen Schmatzer auf die Stirn, nahm Trollinger und verschwand.

»Respekt, ich muss wirklich staunen, wie ordentlich ihr die Küche hinterlassen habt. Und super geschmeckt hat es ebenfalls«, sagte sie später.

*

Kommissar Remos und der Ermittler Miller reisten am Abend nach Rom. Am Flughafen trennten sich ihre Wege, um nicht gemeinsam gesehen zu werden. Miller checkte erst eine halbe Stunde nach Remos im Hotel ein. Bislang hatte er keine Beschatter ausmachen können.

Kapitel Dreizehn

Dimos Remos betrat mit gespielt guter Laune das Polizeigebäude in Rom.

»Ist Commissario Batrini da?«, fragte er den Pförtner.

Der erkannte ihn, winkte ihn durch und nickte. Remos klopfte kurz, öffnete die Tür und trat ein.

»Remos! Wo zum Teufel waren Sie? Ich habe mir richtig Sorgen um Sie gemacht«, trällerte der Römer und sprang zur Begrüßung auf.

»Ich musste den Anschlag auf uns verdauen, die Sache hat mich ganz schön mitgenommen.«

»Jetzt hören Sie aber auf, Sie sind doch kein Weichei. Wenigstens hätten Sie mich informieren können. Wenn das schon nicht möglich war, hätte ich zumindest erwartet, dass Sie ans Telefon gehen.«

»Tut mir leid. Wenn ich Abstand brauche, dann richtig.« Remos blickte zu Cibella, der vor Batrinis Schreibtisch saß. Er spürte an dessen Blick, dass er verstanden hatte.

»Hallo«, nickte er ihm kurz zu. »Konnten Sie inzwischen Wächter finden?«

»Nein, der ist wie vom Erdboden verschwunden«, platzte Batrini scharf heraus.

»Ich möchte jetzt in jedem Fall mit einem Mitglied der Schweizer Garde sprechen«, sagte Remos. »Das wird die einzige Chance für uns sein.«

»Vergessen Sie es. Das bringt gar nichts. Diese Jungs laufen nur zur Zierde herum und dürfen keinerlei Auskünfte geben«, erzürnte sich Batrini.

Remos zwang sich, ruhig zu bleiben. Ihm war jetzt sonnenklar, dass der Kommissariatsleiter die Ermittlungen absichtlich behinderte.

»Dann haben wir uns für heute nichts mehr zu sagen«, sagte er und verließ das Büro.

Zwei Straßenblocks weiter holte ihn Cibella schnaufend ein. Verwundert blickte Remos sich um. Auf der anderen Straßenseite erspähte er Miller – durch seine Größe zweifelsfrei erkennbar.

»Was ist los?«

»Ich kann für Sie einen Kontakt zu einem Mitglied der Schweizer Garde herstellen. Gegenüber Batrini muss dieses Treffen als Zufall gelten«, ächzte er. »Ich melde mich bei Ihnen.« Er lächelte und drehte ab.

Remos wunderte in Bezug auf Cibella gar nichts mehr. Ihm blieb nichts weiter übrig, als auf einen Anruf von ihm zu warten.

Er hasste dieses nutzlose Herumsitzen.

»Nennen Sie mich einfach Kamerad. Verstehen Sie mich bitte nicht falsch, wenn herauskommt, dass ich mit Ihnen gesprochen habe … Cibella ist ein Bekannter, dem ich vertraue, nur deshalb bin ich hier«, sagte der Schweizer Gardist, der in ausgefransten Jeansshorts und Baseballshirt eher wie ein Tourist aussah.

Cibella hatte sich zwei Stunden später gemeldet mit einem Treffen für den Abend. Kurz nach Sonnenuntergang traf Remos in einer nahegelegenen Grünanlage seinen Gesprächspartner.

»Vielen Dank, dass Sie sich für mich Zeit genommen haben. Mein Name ist Dimos Remos von der griechischen Kriminalpolizei Abteilung Tötungsdelikte.«

»Ich weiß zu schätzen, dass Sie sich die Zeit nehmen. Was können Sie mir über Joseph Wächter berichten?«

Zaghaft erzählte der junge Mann, dass er sich mit Wächter stets gut verstanden habe. Man war öfter zusammen aus, ging ins Kino, ließ sich für dieselbe Dienstschicht einteilen. Alles sei in Ordnung gewesen, bis eines Tages Josephs Zwillingsbruder in seiner Wohnung auftauchte. Sie redeten nicht viel. Joseph habe ein kleines Notizbuch in die Hand gedrückt bekommen mit der Bitte, dort sehr genau hineinzuschauen. Die Begegnung dauerte nicht länger als fünf Minuten. Tags darauf habe sich Joseph seltsam verhalten.

Der Informant wirkte verstört. Während er Remos berichtete, pulte er nervös an seinen Fingernägeln herum. Immer wieder drehte er seinen Kopf, um über die Schulter zu blicken. Sein Unbehagen konnte er nicht deutlicher zum Ausdruck bringen.

»Joseph verhielt sich merkwürdig, fast unbeholfen, wenn er Kontakt mit gewissen Bischöfen hatte.«

»Welche Bischöfe? Können Sie mir Namen nennen?«

»Mein Leben ist mir lieb. Das kann ich nicht tun.«

»Gibt es innerhalb des Vatikans Bruderschaften?«, fragte Remos.

»Welche der Gruppierungen meinen Sie? Es ist ein offenes Geheimnis. Aber auch hierüber bleiben meine Lippen verschlossen. Bitte verstehen Sie, mehr kann ich

Ihnen beim besten Willen nicht sagen. Der Weg ist richtig, den Sie einschlagen. Sicherlich wird es einigen nicht passen, wenn Sie in dem Wespennest herumstochern. Geben Sie auf sich Acht, es könnte gefährlich werden.«

Zögerlich gab er dem Kommissar die Hand zum Abschied. Sie war feucht und zitterte leicht.

»Und falls wir uns im Vatikan begegnen sollten, so kenne ich Sie nicht. Viel Glück«, fügte er hinzu und verschwand in der Dunkelheit.

Der Grieche saß am nächsten Morgen bei Batrini im Büro; er spielt den Ahnungslosen.

»Zufällig konnte ich in einer Szene-Bar ein Gespräch aufschnappen. Im Vatikan soll es doch Bruderschaften geben, sogar mehrere«, begann er, während er in ein frisches Croissant biss.

»So ein Quatsch«, wiegelte Batrini ab. »Ich habe Ihnen doch ausführlich erklärt, wie Bruderschaften in Italien funktionieren. Und noch einmal zu Ihrem Verständnis: Lassen Sie Ihre Finger vom Vatikan, bevor ...«

»Bevor was? Warum legen Sie die Hand schützend über diesen Verein?«

»Verein«, echote Batrini. »Sie spinnen wohl. Beleidigen Sie unseren Heiligen Stuhl nicht!« Er drohte mit erhobenem Finger.

Remos grinste ihn frech an. Nun hatte er den aalglatten Commissario da, wo er ihn haben wollte. Jetzt nur keinen Fehler machen.

»Hab ich nicht. Warum regen Sie sich so auf? Ich wiederhole mich nicht gerne, aber Sie behindern absichtlich die Ermittlungen. Von dieser Meinung bringen

Sie mich nicht ab. Welche Vorteile haben Sie? Hat man Ihnen Geld geboten?«

»Sie, Sie … was erlauben Sie sich? Unterstellen Sie mir Korruption? Dafür seid ihr Griechen zuständig.« Seine Stimme überschlug sich, der Speichel triefte ihm aus den Mundwinkeln, sein Kopf hatte das Dunkelrot einer Schattenmorelle angenommen.

Remos zuckte nicht mit der Wimper. Er verkörperte die Ruhe selbst.

»Wenn es nicht an dem liegt, warum haben Sie bislang nichts gegen die Attentäter unternommen? Warum helfen Sie uns nicht? Und warum haben Sie Reinhold Wächter nicht suchen lassen, der zweifelsfrei etwas mit dem Tod seines Zwillingsbruders zu tun hat? Warum haben Sie nicht die Spurensicherung verständigt, als wir Wächters verwüstete Wohnung betraten? Sie können kaum leugnen, dass Sie all das in ein reichlich beschissenes Licht setzt.«

Batrinis Pupillen stachen wie Nadelköpfe aus seinem Schädel. Unfähig zu antworten, ließ er sich in seinen Ledersessel fallen. Nur allmählich gewann er seine Haltung zurück.

»Na schön, wenn Sie so von mir denken ... Ich werde uns einen Termin beim befehlshabenden Offizier besorgen. Zufrieden?«

»Warum nicht gleich so, mein Freund. Ich höre von Ihnen. Wünsche einen angenehmen Tag.« Remos verabschiedete sich. Er lächelte provokant.

Nachdem er die Türe hinter sich geschlossen hatte, verharrte er einen Augenblick. Sein Lächeln wurde breiter, als er Batrini fluchen hörte. Kurz darauf knallte es, das musste Porzellan gewesen sein.

Zufrieden tauchte Remos in der großen Stadt unter, um sich mit Miller kurzzuschließen. Sie arbeiteten einen neuen Plan aus und informierten Diamantopoulos.

†

Kapitel Vierzehn

Tula dirigierte am frühen Morgen Welles VW Käfer gekonnt durch die Straßen von Piräus. Sie stellten den Wagen in einem Parkhaus gegenüber der Metrostation ab und liefen in aller Ruhe zum Jachthafen, um sich die Luxusschiffe anzuschauen.

»Ob die Besitzer alle brav ihre Steuern bezahlt haben?« Welle konnte diese Sticheleien einfach nicht lassen.

»Ich denke, etwa siebzig Prozent schon. Immer wieder werden Kontrollen durchgeführt. Die Jachten der wirklichen Steuersünder liegen nicht hier«, sagte Tula.

Sie flanierten über die schöne Promenade mit schattenspendenden Palmen. Immer wieder blieben sie stehen, um Fotos zu schießen. Tula war in dieser Hinsicht fortschrittlicher als Welle. Sie besaß ein modernes Handy, das überraschend gute Fotos machte. Oft standen sie eng beieinander für Selfies, die von Welle sehr genau zensiert wurden.

»Jetzt müssen wir uns aber sputen«, sagte sie, »der *Flying Dolphin* legt gleich ab.«

Eiligen Schrittes lenkte sie Welle zum Kassenhäuschen und löste zwei Fahrscheine nach Aegina, Trollinger reiste kostenfrei.

Die drei ließen sich mit dem Luftkissenboot in gut einer Stunde zur Pistazieninsel bringen. Tula erzählte, dass die

Insel von Athens Upperclass als Wochenenddomizil genutzt werde; deren Villen seien verstreut in den Hügeln zu finden. Auch Varoufakis hätte dort sein Domizil.

»Ist der so reich geworden, in der kurzen Zeit als Finanzminister?«, fragte Welle erstaunt.

»Arm sicherlich nicht. Aber er hat eine stinkreiche Gattin.«

»Das Geld war schon immer unfair verteilt«, meinte Welle.

Es wehte ein angenehmes Lüftchen auf dem Eiland. Keine Gasse ließen sie aus. Welle schaute sich alles sehr genau an, ihm gefiel das kleine Örtchen. Immer wieder blieben sie stehen, redeten mit Händlern, die ihre Waren feilboten, etliche sprachen Deutsch. Welle wurde von den verschiedenen Honigsorten mit Pistazieneinlage und den vielen kulinarischen Verführungen überwältigt. Am Ende des Rundgangs hatte er zehn Honiggläser für seine Pforzheimer Freunde in seinem schwarzen Stoffbeutel.

Da sie das erste Boot zur Insel genommen hatten, waren wenig Touristen unterwegs, was sich gegen Mittag schlagartig änderte. Welle und Tula verzogen sich in eine Taverne, deren Garten mit Weinreben überdacht war. Welle aß zum ersten Mal Schwertfisch, der ihm außerordentlich gut gefiel. Der Inselwein schmeckte wieder ganz anders als der in Alepochori.

Diamantopoulos wedelte mit dem Obduktionsbericht in der Hand herum, als er am Abend nach Hause kam.

»Na endlich«, rutschte es Welle heraus.

»Du wirst nicht erfreut sein. Nikos Andradisou starb

eines natürlichen Todes. Durch ein rupturiertes Hirnbasis-Arterienaneurysma.«

»Was ist das?«

»Hirnbluten. Ausgelöst durch Einbluten eines kleinen Hirntumors.«

»Hm, damit hätte ich nicht gerechnet. Also, zurück zum Anfang«, murmelte Welle.

Wieder diskutierten die Kommissare bis tief in die Nacht.

Irgendwann während des Gesprächs fiel Welle ein, dass sein Urlaub in zwei Tagen vorbei sein würde.

»Ich habe da ein Problem.« Er sah Tula an. »Erstens gefällt es mir hier, zweitens möchte ich ungern schon von dir weg und drittens haben wir hier noch einen Fall zu lösen. Meinst du, du könntest mein Fährticket auf irgendwann umbuchen?«

Tula strahlte über das ganze Gesicht. Ihre dunklen Augen funkelten im Lichtschein der Kerze.

»Natürlich, gleich morgen kümmere ich mich darum. Ich habe es nicht gewagt, dich danach zu fragen. »

»Das muss gefeiert werden! Ich freue mich auch sehr, dass du mir weiterhin zur Verfügung stehen wirst«, freute sich Diamantopoulos und klopfte seinem Kollegen kräftig auf die Schulter.

Die Nacht war kurz, die Köpfe noch schwer vom griechischen Wein, als das Telefon in aller Frühe klingelte. Welle hörte Georgios fluchen, schälte sich aus dem Bett und tappte barfuß die Treppe hinunter.

»Guten Morgen, Georgios, was ist passiert?«

»Eine gottverfluchte Scheiße ist das. Das war das Krankenhaus. Wächter ist tot und der zum Schutz abkommandierte Polizist ebenfalls.«

»Ha noi, des isch doch zum Kinner kriege aus Backstoikäs!«

Diamantopoulos lachte laut auf und schaute ihn schräg an.

»Was war das denn? Das hörte sich ja komisch an.«

»Übersetzung zwecklos. Wer wusste denn, wo sich Wächter befand? Das kann nur ein Insider weitergegeben haben. Du hast ein Problem, mein Freund«, gähnte Welle.

»Danke! Mama? Mama, kannst du bitte Frühstück machen, wir müssen weg«, rief Diamantopoulos seiner Mutter auf der Treppe entgegen.

»Peter, du kommst doch mit?«

»Schau mich nicht wie ein Dackel an. Ja, ich komme mit.«

Eine schnelle Runde mit Trollinger, ein wehmütiger Blick aufs Meer, das heute leider wieder warten musste, eine Tasse Kaffee im Stehen, ein schneller Kuss auf Tulas Wange – schon saßen sie im Auto. Das Frühstücksbrot wurde während der Fahrt verputzt.

Athen. Groß, unendlich viele Mofas, die sich wie Fliegen durch fahrende Autos zwängten, und tüchtig warm war es morgens um zehn Uhr. Diamantopoulos zirkelte den Wagen durch die vollgestopften Straßen. Schimpfte, fluchte, hupte. Welle erklärte er, dass das ganz normal sei um diese Zeit.

In der Pathologie wurden sie von Nikos Malestos und Michaelis Karamisou erwartet. Ein Gemisch aus Formalin und süßlichem Leichengeruch schlug den beiden entgegen.

†

»Gib mir bitte mal dein Wunderfläschchen, bevor das Frühstück retour kommt«, bat Welle.

»Ist aber auch extrem heute.«

Beide tupften sich das Minzöl unter die Nase. Kripochef und Rechtsmediziner standen ungläubig dreinschauend neben der geöffneten Leiche von Wächter. Auf dem Nachbartisch lag der Polizist.

»Dem armen Kerl wurde das Genick gebrochen«, sagte Malestos mit Zorn in der Stimme. »Ich könnte wahnsinnig werden, wenn Mitarbeiter auf dem Tisch liegen.«

»Was ist mit Wächter?«, fragte Welle.

»Er war am Todestag gegen Mittag kurz wach. Murmelte mehrmals ›Der Papst – tot‹. Der Arzt und eine Schwester haben das genau gehört, bevor er wieder das Bewusstsein verlor. Wahrscheinlich wird er nicht bemerkt haben, dass jemand die Infusionsflasche ausgetauscht hat.«

»Womit war die gefüllt?«, fragte Diamantopoulos.

»Mit nichts.«

»Du meinst, Wächter wurde durch Luft getötet?«

»Ja. Ich habe mir seine Sachen angeschaut, die er bei Einlieferung in das Krankenhaus anhatte. Auf der Innenseite des Hosenbundes war ein Safe-Schlüssel eingenäht. Hier bitte.« Karamisou reichte ihn herüber.

»Warum hast du ihn dann so präzise ausgeweidet?«, fragte Diamantopoulos.

»Die Information, dass er in Basel Vergiftungserscheinungen gezeigt haben soll, machte mich neugierig. Ich wollte auf Nummer sicher gehen. Das genauere Hinsehen hat sich rentiert, Gift kommt nicht infrage. Wächter litt an einem Magengeschwür kurz vor dem Durchbruch.«

»Auch das noch. Danke! Sie beide kommen bitte mit in mein Büro«, sagte der Leiter der Athener Kriminalpolizei zu Welle und Diamantopoulos.

»Es ist zwar drückend schwül, aber die Luft tut trotzdem gut«, bemerkte Welle. Er sog sie tief ein, als sie das Gebäude verließen. »Hat jemand eine Idee, woher der Schlüssel stammen könnte?«

»Nicht wirklich, da ist noch nicht mal eine Nummer eingestanzt. Wahrscheinlich passt er irgendwo zwischen Rom und Athen«, seufzte Diamantopoulos.

»Nun lassen Sie mal den Kopf nicht hängen«, beruhigte Malestos. »Konntet ihr die Wadcutter finden?«

Welle bemerkte das ›ihr‹ in der Frage, runzelte die Stirn und zog eine Augenbraue hoch. Eines seiner Markenzeichen, er tat es grundsätzlich, wenn er etwas suspekt fand.

»Nein, ich gehe davon aus, dass sie auf dem Meeresboden liegt«, antwortete Diamantopoulos.

»Was werden Sie als Nächstes tun?«, fragte Malestos.

Diamantopoulos blickte hilfesuchend zu Welle.

»Das Hauptübel liegt in Italien, es muss nur gefunden werden«, meinte der Sonderermittler.

Diamantopoulos abhörsicheres Mobiltelefon klingelte.

»Remos hier, es gibt Neuigkeiten.«

»Ich schalte auf laut. Der Polizeichef und Wellendorf-Renz sind hier.«

»Ich komme gerade vom Treffen mit dem Garde-Chef. Er ist ein seltsamer Kauz. Meinen Fragen wich er systematisch aus und wurde ungehalten. Fragen über seine Truppe wollte er mir ebenfalls nicht beantworten und über

Wächter sprechen schon gar nicht. Zugegeben, Chef, mir ist dann doch der Kragen geplatzt. Ich habe ihn lautstark angefahren, was es denn in seiner Abteilung zu vertuschen gäbe. Er explodierte förmlich, verbat sich derartige Äußerungen und hat mich rausgeschmissen. Genau in diesem Moment schwang spektakulär ein mannshohes Ölgemälde zur Seite, gab einen kurzen Blick in den dahinterliegenden Gang frei, und ein Bischof stand im Raum. Er stellte sich nicht vor, warf dem Gardeoffizier einen zornigen Blick zu und befahl ihm zu schweigen. Ich gehe davon aus, dass er unsere Unterhaltung verfolgt hatte. Süffisant meinte er, die Gemüter seien anscheinend überhitzt. Man würde mich hinausbegleiten. Wie auf Knopfdruck erschien ein Individuum im schwarzen Anzug und Ray-Ban. Sie verstehen, dass ich den Rückzug bevorzugt habe? Der Typ begleitete mich bis zur Treppe, dann verschwand er. Im Korridor des Untergeschosses kam mir mein Informant entgegen. Er vergewisserte sich, dass niemand sonst im Gang war, zog mich wortlos in einen Raum und deutete auf mehrere Fotos, die an der Wand hingen. Nach kurzem Nicken suchte er das Weite. Ich betrachtete die etwa zwanzig gerahmten Fotos, auf denen Sportschützen auf einem Schießstand zu sehen waren. Auf einem Bild erkannte ich den Chef der Garde, ebenso den Bischof, der die Auseinandersetzung beschwichtigt hatte. Ich habe die mir am wichtigsten erscheinenden Fotos abfotografiert und sende sie Ihnen nachher. Der Fisch stinkt vom Kopf her, und der Kopf ist sehr hoch angesiedelt, ich werde Hilfe brauchen.«

»Sehr gut gemacht, Remos, tauchen Sie für heute ab. Ich melde mich später bei Ihnen«, sagte Diamantopoulos.

†

»Halt, warten Sie, Sie sollten wissen, dass Wächter im Krankenhaus ermordet und dem Wachhabenden das Genick gebrochen wurde, passen Sie auf sich auf! Wir haben einen Safe-Schlüssel gefunden, haben Sie eine Ahnung, wo der passen könnte?«

»In Wächters Wohnung gibt es keinen Safe, den hätte ich entdeckt. Möglicherweise ein Hotelsafe.«

»Möglich, könnte sein. Also, dann bis später.«

»Remos hat das Nest gefunden, da ist ein mächtiges Süppchen am Kochen. Warum sonst sollte ein Vorgesetzter ausrasten. Dieser Commissario verhält sich ebenfalls äußerst suspekt. Hinter dem falschen Spiel gegenüber Remos und diesem Cibella dürfte viel mehr stecken, als wir uns träumen lassen. Mein Bauchgefühl, und auf das ist im Großen und Ganzen Verlass, sagt mir, wir werden noch einige Überraschungen erleben. Es ist unumgänglich, höhere Stellen einzubeziehen. Remos hat einigen Leuten ganz schön ans Bein gepinkelt. Sie wissen nicht, was als Nächstes kommt, und das ist äußerst gefährlich. Er braucht dringend Unterstützung, bevor er eines Morgens tot aufwacht.«

»Wellendorf-Renz trifft ins Schwarze«, sinnierte Malestos. »Ich werde gleich mit dem Innenminister in Rom telefonieren und ihn über den Sachverhalt in Kenntnis setzten. Wir brauchen Rückendeckung.«

»Innenminister?«, fragte Diamantopoulos.

»Ja, die zivile Staatspolizei untersteht dem Innenministerium. Nehmen Sie sich noch einen guten Mann aus Ihrer Truppe und fliegen Sie nach Rom. Ich kümmere mich um die Hotelzimmer, Flüge und einen Termin beim Minister. Drei Tote reichen, bringen Sie die Sache zu Ende.«

Diamantopoulos atmete hörbar aus. Fragend blickte er Welle an.

»Ich stimme zu. Ihr müsst Nägel mit Köpfen machen. Je eher, desto besser. Noch mal zum Verständnis, diese mafiaähnlich gekleidete Sippe ist nicht zu unterschätzen. Hast du einen von ihnen eliminiert, wachsen andere nach, wie beim Haupt der Hydra. Es wäre an der Zeit, deren Drahtzieher ausfindig zu machen«, sagte Welle.

»Ich bin zwar ein gläubiger Mensch, habe mich aber zugegeben noch nie mit dem Vatikan beschäftigt. Mein Gehirn weigert sich zu glauben, was dort geschieht.«

Welle griff nach Diamantopoulos' Hand.

»Du hattest deine Nase in München in eine Bruderschaft gesteckt. Jetzt stell dir diese Menschen als hochdekorierte Beamte, Politiker, Manager und Banker vor, wo sich alles nur um Ruhm, Geld und Macht dreht. Ich vergleiche diese Sorte Mensch mit einer Krake. Der Kopf bleibt im Verborgenen, wobei ein Tentakel nicht weiß, was der andere tut. Geht in keinem Fall unüberlegt vor, es könnte andernfalls einen von euch das Leben kosten.«

»Tolle Aussichten! Ich werde Papadakis mitnehmen und die Scheinheiligen aufmischen. Vorher telefoniere ich die Hotels ab, in denen die Wächters übernachtet haben. Viellcicht wird der Schlüssel vermisst. Apropos Wächter, hat jemand den Eltern das Ableben ihrer Söhne mitgeteilt?«

»Ich hatte das gleich nach dem Vorfall im Krankenhaus veranlasst und stehe mit den Schweizer Kollegen in Verbindung. Die Eltern werden psychologisch betreut«, antwortete Malestos.

»Chef, meinen Sie, ich kann sie anrufen und nach einem Safe fragen?«

»Warum nicht, so sehen sie, dass an der Aufklärung gearbeitet wird.«

Das Telefonat mit den Eltern der Verstorbenen ging an die Substanz. Diamantopoulos hätte ihnen zu gerne mehr erzählt, konnte aber keine Fakten der laufenden Ermittlungen preisgeben. Er konnte sich auch nicht sicher sein, dass die Täter den Wächters nicht noch zusetzen würden. Alles, was er über die beiden Toten erfuhr, half ihm bei seinen Ermittlungen nicht weiter. Und einen Safe besaßen sie auch nicht. Das Flughafenhotel in Basel vermisste keinen Schlüssel, so blieb ihm nur noch das Hotel in Loutraki. Aphrodite versprach nachzusehen und ihn zurückzurufen.
Am Abend war die Reisetasche gepackt. Welle saß mit Diamantopoulos und dessen Mutter auf der Terrasse.

»Ihr gebt wirklich ein nettes Pärchen ab«, bemerkte Diamantopoulos wohlwollend.

Tula zauberte das Kompliment ihres Sohnes schon wieder verlegene Röte auf die Wangen. Sie warf Welle einen scheuen Blick zu, was ihn schmunzeln ließ.

»So, so. Meinst du?«

»Jetzt habt ihr ein paar Tage für euch, was wollt ihr noch besichtigen?«

»Ich zeige ihm morgen Korinth, und mal sehen, vielleicht fahren wir vier Tage nach Pylos.«

»Das ist prima, dann könnt ihr morgen auf dem Rückweg über Loutraki fahren. Aphrodite hat sich noch nicht gemeldet. Peter, ich gebe dir gleich den Schlüssel.«

»Wie war das? Ein paar Tage für euch?«, schnaubte Tula.

Welle tätschelte ihren Arm.

†

»Ist schon gut. So ist das nun einmal. Was gibt es in Pylos?«

»Überraschung mein Lieber«, neckte Tula und drückte ihm einen dicken Schmatzer auf die Wange.

Kapitel fünfzehn

Georgios Diamantopoulos verließ das Haus früh, um direkt zum Flughafen zu fahren. Nachdem Welle bestens gelaunt vom Schwimmen zurückkam, erwarteten ihn zum Frühstück frische Brötchen.

»Wo hast du die denn her?« Er war hocherfreut.

»Selbst gebacken, extra für dich«, antwortete Tula.

Am Vormittag machten sie sich auf nach Korinth. Um in die Stadt hineinzukommen, nahmen sie den Weg über die alte Korinther Brücke. Welle traute seinen Augen nicht, als er an einer roten Ampel stoppen musste. Direkt vor ihm verschwand eine Holzbrücke gerade im Meer, um den Wasserweg freizugeben. Gehört hatte er davon, es zu sehen, war etwas ganz anderes. Sie stiegen aus dem Wagen, gingen ein paar Schritte bis zur Absperrung und sahen dem Spektakel gebannt zu. Kurze Zeit darauf schob sich ein Kreuzfahrtschiff, gezogen von Schleppern, durch den Kanal. Zwischen Bordwand und den Kanalwänden schien nunmehr ein Moskito hindurchzupassen. Trollinger wich hinter die Beine seines Herrchens, er schien der Sache nicht zu trauen.

»Da muss man sich den Hals verrenken, um an dem Kasten emporzublicken. Gigantisch.« Welle winkte gut gelaunt den Menschen auf Deck zu.

»Ich wusste, es würde dir gefallen.«

Dem großen Luxusdampfer folgten zwei Segelboote, die mit laufenden Motoren durch den Kanal glitten. Im Verhältnis zu den Felswänden wirkten die kleinen Segler wie Hutschachteln.

»Wie viel Meter sind es bis da oben?«, fragte Welle, der aus dem Staunen nicht herauskam.

»An der höchsten Stelle etwa sechsundsiebzig Meter. Schau mal, da oben fährt gerade ein Zug über die Brücke.« Tula deutete in die Richtung.

»Und wozu sind die anderen zwei Brücken?«

»In der Mitte ist die Autobahnbrücke. Über die bist du gefahren, als du von Patras kamst, die andere ist die alte Nationalstraße«, erklärte Tula. Gebannt blickte Welle auf die alte Holzbrücke, die allmählich wieder auftauchte. Durch die nassen Holzplanken schimmerte in der Vormittagssonne das türkisfarbene Wasser.

Souverän lenkte Welle wenig später seinen Käfer durch die zahllosen überfüllten Einbahnsträßchen von Alt-Korinth.

»Warum muss man in so engen Gassen rechts und links parken, nach Möglichkeit noch in zweiter Reihe, damit gar nichts mehr vorwärtsgeht? Und diese Mopedfahrer! Unfassbar, hier muss es doch Unfälle am laufenden Band geben.«

»Das ist ganz normal in Griechenland. Es passiert nur selten etwas in den Städten, und wenn, dann sind es meistens Blechschäden.«

Sie parkten den Käfer nahe der alten Nationalbrücke und genossen den Blick in den Kanal nun aus luftiger Höhe.

»Ich könnte nicht sagen, was spannender ist, von oben zu schauen oder unten zu stehen.« Welle war noch immer hin- und hergerissen. »Dort ist ein Café, lass uns eine Pause machen, Schätzle.«

Dies war das erste Mal, dass ihm ein Kosewort über die Lippen kam. Tula quittierte es mit einem schüchternen Lächeln. Er war über sich selbst erstaunt. Jetzt ist es passiert. Diese Frau gehört zu mir, schoss es ihm durch den Kopf.

Abrupt blieb er stehen, zog Tula an sich und küsste sie. In seinem Kopf drehte es sich. Nach einer gefühlten Ewigkeit löste sich Tula von ihm.

»Peter, die Leute!«

»Na und?«, sagte er extra laut. »Ich bin verliebt. Wem es nicht passt, der soll einfach nicht herschauen.«

»Ach du!« Verlegen boxte sie ihm auf den Arm.

»Bravo, das ist die richtige Einstellung«, sagte ein Mittsechziger, der mit seiner Gattin vorbeischlenderte.

Welle gönnte sich einen Eiskaffee, so wie er ihn aus Deutschland kannte. Tula erklärte, dass es diese Köstlichkeit nur in Touristenhochburgen gab. Anschließend turtelten beide durch die Gassen von Alt-Korinth. Welle fand ein Herrenmodegeschäft und darin sogar zwei lange Hosen, zwar kein Cord, aber er konnte sich mit dem Stoff arrangieren. Eine Shorts und vier T-Shirts für die hiesigen Temperaturen hatte er sich ebenfalls ausgesucht. Mit Tula als Modeberaterin war ein neuer Welle-Stil im Nu komplett. Sie betrachteten die Schaufenster anderer Geschäfte. Vor einem Juwelier blieb Welle stehen.

»Kann es ein, dass der Schmuck hier günstiger ist als in Deutschland?«

»Das weiß ich nicht, aber möglich ist es.«

»Aber das ist schon echt, oder?«, fragte er erneut und deutete auf eine Reihe von Goldketten mit Anhängern.

Tula las ihm das Echtheitszertifikat vor, das im Fenster stand und zu jedem erworbenen Schmuckstück dazugegeben wird.

»Na dann.«

»Die Tochter einer Freundin hat hier vorne eine Boutique, ich möchte mich gerne darin umsehen, vielleicht finde ich eine schöne Bluse.«

Ein Hundeverbot-Schild an der Eingangstür stoppte die beiden.

»Och, nö«, sagte Tula beleidigt. Sie öffnete die Tür und rief etwas hinein, woraufhin eine schlanke Schönheit mit langen schwarzen Haaren bis zum Hintern heraustrat. Tula stellte Welle vor, sprach und gestikulierte, deutete auf Trollinger.

»Keine Chance mit Hund«, sagte sie ärgerlich. »Dann eben nicht.«

»Ach komm, das ist doch nicht schlimm«, tröstete Welle, und sah sich um. »Du gehst stöbern, und ich warte dort hinten im Schatten. Da kann ich mich sogar auf die Mauer setzen.« Mit einem Klaps auf ihr Hinterteil schob er sie hinein.

»Los, Trollinger, jetzt aber schnell«, sagte er zu seinem Hund, drehte sich um und eilte zurück zum Schmuckgeschäft. Ohne den Schildern an der Tür Beachtung zu schenken, trat er ein. Eine Dame hinter dem Tresen jauchzte auf, als sie den bulligen, respekteinflößenden Terrier registrierte.

»Oh, excuse me please, I would like to buy this.« Er deutete auf ein filigranes Goldkettchen mit einer kleinen Eule als Anhänger.

Die Verkäuferin zeigte sich gnädig, schenkte ihm ein Lächeln und fischte das Gewünschte aus der Auslage. Welle beäugte es, grinste in sich hinein und nickte.

»That's really nice. Here is the certificate. Do you like something?«

»No, no. Thank you.« Welle bezahlte, ließ das Etui in seiner Hosentasche verschwinden und eilte hinaus. Kurz vor dem verabredeten Treffpunkt erspähte er einen Kiosk. Er durchforstete den Zeitungsständer und entdeckte eine ›Bild‹ von gestern. Eine Reihe weiter griff er nach der ›Griechenland Zeitung‹. Er überflog die erste Seite und freute sich, einen weiteren deutschsprachigen Lesestoff ergattert zu haben. Lesend wartete er auf Tula, die kurze Zeit später mit einer Tüte in der Hand erschien. Sie griff hinein, zog ungeniert eine weiße Bluse heraus und hielt sie an sich.

»Na, was sagst du?«

»Klassisch, hübsch. Steht dir bestimmt gut«, sagte Welle, der sich gerade das Kettchen an ihrem Hals vorstellte.

»Welche Bedeutung hat eigentlich die griechische Eule? Mir ist aufgefallen, dass sie vom Betrachter aus immer nach rechts schaut«, fragte Welle auf der Fahrt nach Loutraki.

»Die Abbildung ist ein Steinkauz, wird aber allgemein als Eule bezeichnet. Wahrscheinlich gab es damals viele davon. Die Eule galt als Symbol der Göttin Athene und steht seit jeher für Klugheit. Wie kommst du jetzt darauf?«

»Neben dem Kiosk war ein Geschäft mit Alabasterfiguren. Da standen eine Menge dieser Vögel herum«, erwiderte Welle. Er stoppte seinen Wagen vor dem ›Park Hotel‹ in Loutraki.

Aphrodite erkannte den deutschen Kommissar sofort und entschuldigte sich, dass sie sich nicht gemeldet hatte. Es wäre sehr viel zu tun gewesen. Das gertenschlanke Persönchen griff nach dem Zimmerschlüssel, Welle folgte ihr. Sie öffnete den Kleiderschrank, auf dessen Boden ein Safe verankert war.

»Die letzten Übernachtungsgäste haben wohl alle keinen Safe benötigt, sonst wäre das Fehlen des Schlüssels aufgefallen.«

»Das glaube ich Ihnen. Wollen wir mal sehen, ob er passt. Sesam, öffne dich«, scherzte Welle.

Das Schloss gab nach.

»Glück braucht der Mensch.«

Aphrodite bückte sich grazil und zog einen DIN-A5-großen Briefumschlag aus dem Inneren.

»Mehr ist nicht drin, hier bitte.«

Welle öffnete vorsichtig das Kuvert und spickte hinein. Fotos, auf denen einer der Wächter-Brüder zu sehen war, ein Brief, den er später lesen würde.

»Vielen Dank, Aphrodite, dies hier dürfte uns weiterhelfen.«

»Gibt es denn etwas Neues?«, fragte sie.

»Nein. Aber Georgios wird Sie sicherlich informieren, sobald er den Fall klären konnte.«

»Er hat gepasst«, rief Welle von Weitem Tula zu, die mit Trollinger im Schatten einer Dattelpalme stand.

Ein deutscher Reisebus tuckerte die Einfahrt hinauf.

»Jetzt wird es voll, nichts wie weg!«

Bis nach Schinos redeten sie nicht viel. Welle genoss erneut die Wälder und die herrliche Aussicht. Hielt sogar einmal an, um den Pinienduft tief einzuatmen. Die zahllosen Harzauffangbeutel, die an rostigen Nägeln an den Bäumen hingen, fand er irgendwie lustig.

»Das gibt aber eine Menge Retsina«, flachste er.

Natürlich wusste er, dass das meiste Harz in die Industrie wanderte und nicht nur für den griechischen Harzwein bestimmt war. Er mochte dieses Getränk nicht. Wenn er nur daran dachte, musste er sich schütteln. Auch die typisch griechische Mischung Retsinaschorle, die man halb Wein, halb Cola mischte, war für ihn ungenießbar. Er liebte fränkischen Silvaner, was für einen Badener ebenso ungewöhnlich war, wie einem nicht aus dem Ländle stammenden Fußballverein zuzujubeln. Da es bei seinem Lieblingsgetränk oft am Nachschub haperte, gehörten schwäbische und badische Weine ebenso zu seinen Favoriten. Die gekreuzte Rebsorte Lemberger mit Trollinger mochte er besonders. Die stand Pate bei der Namensgebung für seinen Staffordshire Bullterrier, den er vor fünf Jahren aus dem Pforzheimer Tierheim geholt hatte.

»Ich hätte jetzt Appetit auf einen frischen Oktopussalat, was meinst du, gönnen wir uns einen Happen?«, fragte er.

»Sehr gerne.«

Welles VW Käfer war in diesem Küstenabschnitt mittlerweile bekannt. Man redete über ihn, den deutschen Kommissar, der so ganz anders war als die hiesigen Polizeibeamten. Man zollte ihm Respekt. Völlig fremde Personen grüßten ihn auf der Straße oder winkten, wenn er vorbeifuhr. Manche suchten ein Gespräch, was jedoch meist an der Sprachbarriere scheiterte. Dass er pensioniert war, schien hier niemanden zu interessieren. Er selbst wollte nicht in den Mittelpunkt gespielt werden. Tula hingegen war mächtig stolz und mochte es auch nicht verbergen. Gerade als er den Wagen verschloss, kam Vasili Andradisou winkend auf sie zu.

»Ja sas. O theios einai piso, echete notera?«

Welle blickte zu Tula.

»Er hat uns begrüßt, gesagt, dass sie seinen Onkel zurückgebracht haben, und möchte wissen, ob du Neuigkeiten hast.«

»Ich habe meinen Namen gar nicht gehört.«

»Peter!«, ermahnte Tula, als sie bemerkte, dass er sie neckte.

»Bitte, sage ihm, dass sein Onkel tatsächlich eines natürlichen Todes gestorben ist, allerdings nicht wie attestiert an einem Herzinfarkt, sondern an einer Hirnblutung. Er hatte einen Hirntumor. Es tut uns leid, dass wir dieses Aufsehen haben machen müssen. Unter den gegebenen Umständen war es ziemlich schwierig, an eine natürliche Todesursache zu glauben.«

Tula übersetzte eifrig, dabei wehten ihre offenen schwarzgrauen Haare im Wind. Meist trug sie sie zusammengebunden, was strenger wirkte und ihre ausprägten Wangenknochen stärker betonte. Welle mochte beide Varianten. Je intensiver er diese Frau beobachtete, desto stärker wurde sein Verlangen nach ihr. Seine Gedanken zauberten ihm ein schelmenhaftes Lächeln um die Mundwinkel; das wiederum blieb Tula nicht verborgen. Als könne sie seine Gedanken erahnen, wurde sie zusehends nervös.

Andradisou bedankte sich. Jetzt würden sich auch die permanenten Kopfschmerzen seines Onkels erklären. Er schüttelte Welle kräftig die Hand.

»Efcharisto poli.«

»Gerne«, antwortete Welle. So viel konnte er gerade verstehen.

»Woran hast du schon wieder gedacht? Dein Grinsen verrät dich, mein Lieber!« Tula kniff ihn leicht in die Seite.

»Aua! Ich werde mich rächen müssen«, gluckste Welle übertrieben auf.

»Sei dir mal nicht so sicher«, konterte Tula und strahlte ihn an.

»Das kann ja lustig werden mit uns.«

»Du wiederholst dich.« Sie lachte geradewegs hinaus.

Während sie auf ihr Essen warteten, las Welle die Zeilen aus dem Umschlag im Tresor.

»Wie Sie unschwer auf den Fotos erkennen, steht Ihr Zwillingsbruder in Kontakt mit einigen hocheinflussreichen Menschen. Bischof Rontos ist nicht länger gewillt, Ihren Bruder finanziell zu unterstützen, wenn Sie nicht den von Ihnen verlangten Auftrag binnen der nächsten zwei Wochen ausführen. Des Weiteren würden die Schulden Ihres Zwillings sofort fällig. Sollten Sie es dennoch vorziehen, unseren Anweisungen nicht Folge zu leisten, können wir für Ihrer beider Sicherheit nicht garantieren.« Adressiert an Joseph Wächter ohne Unterschrift.

Welle betrachtete fünf Fotos. Einmal war Reinhold Wächter mit einem Bischof, vielleicht dieser Rontos, zu sehen. Auf den anderen Bildern stand er inmitten einer Männerriege, die von Herren in schwarzen Anzügen und Sonnenbrille eingerahmt waren. Schweigend schaufelte

Wellendorf-Renz den Salat in sich hinein und grübelte. Dann griff er so ruckartig nach seinem Handy, sodass nicht nur Tula erschrak; auch Trollinger knurrte, an dessen Leine Welle irgendwie gezogen hatte.

»Ist ja gut. Entschuldigung.«

Er schrieb Diamantopoulos eine kurze SMS. *Ruf mich dringend an. Schlüssel passte. Erpresserbrief und Fotos. Gib Acht auf Bischof Rontos. Hängt mit drin. Gruß P.*

Eine weitere SMS sendete er an Kuhlmann. *Bitte prüfe einen gewissen Bischof Rontos, zurzeit im Vatikan. Leider nicht mehr Infos. Gruß Peter.*

Entlang der schmalen Küstenstraße stoppte Welle an der halb verschütteten Kapelle.

»Ich muss mir das noch einmal genauer anschauen. Es geht mir nicht in den Kopf, wie man hier eine Kirche bauen konnte, und sei sie noch so klein. Da fällt mir ein, auf der Anhöhe zwischen Porto Germeno und Psada steht eine Kapelle, mehr ein Gebäude, ohne Tür und Fenster. Kennst du sie?«

»Natürlich. Diese Kapellen gibt es zuhauf und an den unmöglichsten Ecken.«

»Da stand eine Plastikflasche mit Öl. Zumindest denke ich, dass es Öl war. Wozu braucht man das?«

»Das ist Olivenöl. Da normale Wachskerzen in der Hitze schmelzen würden, füllt man ein wenig Olivenöl in das eigentliche Rauchfass, legt einen schwimmenden Docht hinein und zündet ihn an«, erklärte Tula. »Ich zeige es dir einmal, denn es lässt sich schlecht beschreiben.«

Vorsichtig stiefelten sie auf dem grobkiesigen Erdrutsch entlang. Trollinger tobte ohne Leine umher. Der

Hang wurde immer steiler, sie stießen von hinten an die Kirche. Der Untergrund war steinhart. Die kolossalen Ausmaße der Katastrophe wurden erst aus dieser höheren Hanglage richtig sichtbar. Von hier betrachtet waren die Fenster gänzlich verschüttet. Das Erdreich endete kurz vor dem Dach. Dort stand Trollinger und kläffte, was seine Kehle hergab.

»Warum muss dieser Hund immer etwas entdecken?«, murrte Welle.

»Meinst du nicht, dass er sich nur freut? Er war den ganzen Tag so brav und kann sich jetzt austoben.«

»Ich bin mir verdammt sicher. Er macht mit solchen Affentänzen immer auf etwas aufmerksam.«

Bedächtig balancierten sie Hand in Hand zum Kirchendach. Trollinger thronte auf dem First wie ein Wetterhahn. Welles geübtes Ermittlerauge machte zwei locker aufliegende Ziegel aus; die schob er beiseite. Trotz größter Anstrengung konnte er nichts entdecken. Trollinger knurrte allerdings noch immer, was bedeutete, dass dort etwas sein musste. Da gab es kein Wenn und Aber.

»Ich hole die Taschenlampe aus dem Auto. Bleib hier«, bestimmte er.

Tula sah sich zwischenzeitlich ebenfalls um.

»Ich meine, etwas zu sehen, Richtung Mitte«, sagte sie.

Welle legte sich flach auf den Bauch und leuchtete in das Gebälk, soweit er konnte. Jetzt sah er es auch.

»Das sieht verdammt nach einer Waffe aus. Ich komme da allerdings nicht ran. Mist. Da müssen wohl die Kollegen anrücken und das Dach ein Stück abtragen.«

Plötzlich drang ein klägliches Miauen aus dem

Dunklen. Welle leuchtete erneut den Dachstuhl aus. »Auch das noch, komm her. Miez, miez, miez.« Er schob sich ein kleines Stück weiter hinein und bekam gerade noch die kleine Katze zu packen. »Dich haben wir wohl vor dem sicheren Hungertod gerettet, was?«

Trollinger sprang herum und wartete auf ein Lob.

»Schau dir diesen Hund an. Komm her, gut gemacht.« Welle tätschelte den Terrier, der sich zum Spielen aufgefordert sah, weil sein Herrchen immer noch im Staub lag.

»Schluss jetzt, aus.«

Langsam hievte sich Welle hoch und versuchte vergeblich, sich den Schmutz von der Kleidung abzuklopfen.

»Lass gut sein, wir stecken die Sachen in die Maschine.«

Die losen Dachziegel legte Welle wieder auf ihren Platz zurück.

»Ich bin erleichtert, dass wir die Waffe gefunden haben. Sie ist es hundertprozentig«, sagte er, während sie ohne weiteren Stopp nach Hause fuhren.

»Und das haben wir nur deiner Neugierde und Trollingers Spürnase zu verdanken. Aber mal ehrlich, wenn er so losbellt und dazu noch knurrt, kann man wirklich Angst bekommen.«

»Ich weiß. Das liebe ich an diesem Hund.«

Als hätte Trollinger alles verstanden, wuffte er einmal kurz. Das Kätzchen lag zwischen seinen Pfoten.

Von Alepochori aus konnte Welle den Athener Polizeichef telefonisch nicht erreichen. Leise fluchte er vor sich hin. Die Erkundung des Kapellendaches musste wohl noch warten. Eine Tatsache, die seiner deutschen Schnelligkeit widerstrebte.

Gerade als er es sich auf der Veranda gemütlich gemacht hatte, meldete sich Diamantopoulos. Welle berichtete kurz und bündig, was er in dem Safe vorgefunden hatte, und dass sie vermutlich die Wadcutter entdeckt hätten, er Malestos aber nicht erreichen könne.

»Es ist fast siebzehn Uhr, was erwartest du? Der Chef hat Feierabend. Ab zehn Uhr morgen erreichst du ihn wieder.«

»Himmel, sind das Arbeitszeiten!«

»Fotografiere bitte die Fotos ab und den Brief und schicke sie auf mein Handy«, bat Diamantopoulos.

»Das geht mit meinem alten Knochen nicht.«

»Dann fahre mit Mama in mein Büro nach Megara. In meiner Schreibtischschublade findest du ein übertragungssicheres Smartphone. Das Ladekabel liegt auch dort. Behalte es, bis ich wieder komme. In dem Telefon ist auch Malestos Telefonnummer abgespeichert.«

»Ich kenne mich damit aber nicht aus.«

»Aber Mama. Ich muss aufhören. Remos wartet. Macht's gut und küss Mama von mir!« Das Gespräch war beendet.

»Tula!«, rief Welle. »Wir müssen nach Megara.«

»Wenn wir schon dorthin müssen, könnten wir schnell im Lidl einkaufen. Ist das in Ordnung für dich?«

»Kein Problem.« Welle stand schon startklar am Zaun.

Auf der Wache schaute man zunächst grimmig und abweisend, ermahnte sich wohl aber zur Freundlichkeit, nachdem Tula hinter Welle aufgetaucht war. Argwöhnisch beobachteten die Beamten, wie sich Welle hinter Diamantopoulos' Schreibtisch niederließ, um die Schubfächer zu durchforsten. Das Handy war schnell gefunden, die gewünschten Dinge fotografiert und versendet.

»Habt ihr nichts zu tun?«, fragte Welle im Hinausgehen. Er konnte sich die Bemerkung nicht verkneifen und war sich ziemlich sicher, dass mindestens einer der Anwesenden ihn verstanden hatte.

Im Supermarkt nahm Welle das Sortiment ganz genau unter die Lupe.

»Gescheite Wurst gibt es hier wohl nirgends?«, fragte er, ohne eine Antwort zu erwarten. Er wusste inzwischen, dass das magere Wurstangebot in Griechenland nicht für seinen Gaumen ausgelegt war. Er mutierte hier zum Käseesser. Bei einigen anderen Produkten hingegen bedauerte er deren Fehlen in deutschen Läden.

Kapitel Sechzehn

Im Flughafenterminal von Rom wimmelte es von Herren in schwarzen Anzügen und Sonnenbrillen, die Diamantopoulos sofort ins Auge stachen.

»Die sind wie Kakerlaken, die kriechen auch aus allen Löchern hervor«, bemerkte er.

Zusammen mit seinem Kollegen Theodore Papadakis wurde er von Remos, der mit einem weiteren Mann neben einem alten Fiat parat stand, in Empfang genommen.

»Ja sas, ti kanete?«, grüßte Remos.

»Willkommen, ich bin Giovanni Cibella, wir hatten telefoniert«, stellte sich der italienische Kollege vor.

»Freut mich, kann es sein, dass ihr beschattet werdet? Ich sehe so viel Schwarz.« Diamantopoulos nickte ihm zu und scannte mit einem Blick über die Schulter das Umfeld.

»Natürlich, aber keine Panik, spätestens im Hotel werden wir sie abschütteln. Wir fahren gleich dorthin. Heute Abend geht es zum Innenminister, wir sind zum Abendessen eingeladen worden. Ihr Chef muss ihm die Hölle heiß gemacht haben. Normalerweise kommt man an ihn nicht heran, und eine Einladung bekommt man schon gar nicht. Das Beste an der Sache ist, Batrini hat wieder einmal keine Ahnung«, freute sich Cibella.

»Dann lasst uns fahren. Wo ist eigentlich ...« Diamantopoulos brach den Satz ab, als er Remos' Blick auffing. »Ach, hier in der Tasche«, wiegelte er schnell ab und zog seine Geldbörse heraus.

Cibella und Papadakis stiegen ein. Diamantopoulos folgte Remos' Blick und entdeckte erleichtert Miller. Zum Gruß fuhr er sich durchs Haar und stieg in den Wagen.

Cibella verabschiedete sich vor dem Hotel.

»Bis neunzehn Uhr, wundert euch nicht, das wird ein Spaß.«

Alle Hotelzimmer waren groß und freundlich ausgestattet. Die griechischen Kriminalpolizisten trafen sich bei Remos, dem hatten Kollegen eine Anti-Mithöreinrichtung installiert, die sehr leicht auf ihre Funktion hin zu überprüfen war.

»Tut mir leid, wegen vorhin. Ich dachte, Cibella weiß von Miller«, sagte Diamantopoulos.

»Ich habe es bislang vermieden, die beiden bekanntzumachen. Ich bin mir nicht sicher, ob Batrini nicht doch von Cibella informiert wird. Einen Beweis dafür gibt es zwar nicht, aber ich bin lieber vorsichtig. Er hat überall Beziehungen, verrät aber nichts. Mein Informant meinte, er hätte einen Verwandten im Vatikan. Er selber verliert kein Wort darüber.«

Wie auf Kommando erschien der Ex-US-Soldat.

»Miller, schön, Sie zu sehen. Ist alles sauber da draußen?«, sagte Diamantopoulos.

»So weit schon. Im Hotel ist soeben eine Hochzeitsgesellschaft abgestiegen und auf der gegenüberliegenden Straßenseite steht ein Auto des vatikanischen Geheimdienstes. Das ist allerdings nichts Neues, die stehen immer da, wenn wir hier sind.«

»Haben unsere Bewacher Sie im Fokus? Ich meine,

sind Sie denen aufgefallen?«

»Wenn die nicht völlig blind sind«, lachte Miller.

Diamantopoulos hielt eine kurze Dienstbesprechung und informierte seine Mitarbeiter von den Ereignissen in Griechenland.

»Mit Wadcutter-Pistolen schießen *Opus Dei*-Mitglieder, wenn sie privat die Schießstände besuchen«, sagte Miller.

»Dann haben wir ja die Gesichter einiger Schützen«, warf Remos ein, der sein Handy aktivierte. »Hier, auf den Bildern, die ich im Vatikan abfotografiert habe.« Er zeigte sie seinen Kollegen, Diamantopoulos waren sie bekannt.

»Wer ist *Opus Dei* und woher wissen Sie das so genau?«, fragte er Miller.

»Auch ich habe ein bisschen recherchiert. Der vatikanische Geheimdienst nennt sich so.«

»Ach ja, stimmt.«

Diamantopoulos' Handy kündigte Nachrichten an. »Wellendorf-Renz hat die Fotos und den Erpresserbrief geschickt. Hier, seht sie euch an.«

Das Mobiltelefon machte die Runde. Bild für Bild wurde genauestens betrachtet.

»Das ist der Bischof, der mich mehr oder weniger hinauskatapultiert hat. Rontos heißt du also, aalglatt bist du«, sagte Remos, als er an der Reihe war. Er verglich die Fotos mit seinen. »Da haben wir doch die Visage, nur dieses Mal mit der Waffe in der Hand. Seht mal!«

»Perfekt! Wir sollten diesen Trumpf noch geheim halten und ihn nicht beim Minister schon ausspielen. Ich hege arge Skepsis«, riet Diamantopoulos.

Es klopfte.

Miller sprang auf und verschwand im Badezimmer. Diamantopoulos drängte mit gezogener Waffe hinter die Tür, Papadakis stellte sich auf der anderen Seite an die Wand. Remos fragte nach.

»Ja, bitte, wer ist da?«

»Die Nickelbrille schickt mich«, antwortete eine Frauenstimme.

»Cibella hat eine Nickelbrille«, flüsterte Remos den Kollegen zu.

Diamantopoulos nickte. Vorsichtig öffnete Remos die Tür. Eine in einen Traum von weißem Tüll gehüllte Braut drängte an ihm vorbei in das Zimmer. Den Herren verschlug es den Atem.

»Meine Traumfrau«, raunte Papadakis.

»Sie müssen ja mächtig etwas vorhaben, bei diesem Aufwand.« Die Schönheit lachte und zwinkerte Papadakis kokett zu. »Cibella schickt mich. Die Herren dürfen sich mir bitte anschließen und in die Stretch-Limousine einsteigen, die soeben vorgefahren wird.«

Perplex über diese grandiose Idee, auf diese Art an dem Geheimdienst vorbeigeschleust zu werden, folgten sie, bis auf Miller, der angeblichen Hochzeiterin. Unter mächtigem Getöse wurde das Brautpaar aus dem Hotel geleitet. Gut zwanzig Menschen führten sich auf wie auf einer wilden Party. Sie tanzten auf dem Gehweg, ließen Luftballons steigen und warfen Unmengen an Reis, der sich seinen Weg in jede Hemdritze suchte. Weitere zwanzig Personen bildeten ein Spalier aus Säbeln, durch das die Braut getragen wurde. Den drei griechischen Kommissaren drückte man eine Brautjungfer in die Arme, die ebenfalls zum Wagen getragen werden sollten. Geschickt klebten die Damen an den Hälsen ihrer Träger, sodass deren Gesichter im Verborgenen blieben.

In der Limousine freute man sich über den gelungenen Coup. Nach einer dreißigminütigen Fahrt stoppte der Wagen vor dem Innenministerium. Bestens gelaunt öffnete Cibella von außen die Tür.

»Na, meine Herren, hat ja wohl geklappt. Ich konnte keine Verfolger ausmachen«, lachte er.

»Respekt, Cibella!« Remos klopfte ihm dankend auf die Schulter.

Diamantopoulos bedankte sich bei den vermeintlichen Hochzeitern, schloss die Tür und erspähte Miller. Unglaublich, wie schnell dieser Mann war.

Das Gespräch mit dem Innenminister dauerte ganze drei Stunden und wurde von einem fürstlichen Dinner begleitet. Der Politiker hatte einen Termin bei dem Kardinalspräsidenten erwirkt, der nächsten Vormittag stattfinden sollte.

Diamantopoulos war von der Persönlichkeit des Innenministers angenehm überrascht. Er gab sich offen, verständnisvoll, aber auch gereizt, als das Thema ›Bewachung‹ aufkam. Er ärgerte sich maßlos, dass sich trotz aller Gesetze die Organisationen des Vatikans nicht daran hielten. Offen erzählte er, dass es viel mehr Transparenz geben würde, wenn es nach Papst Franziskus ginge.

»Aber der arme Franziskus kommt gegen seine Kurie nicht an«, meinte der Minister.

»Ich habe gehört, dass sich schon sehr viel gebessert hätte, seit Franziskus das Heilige Amt angetreten hat.«

»Das ist völlig richtig. Aber wie Sie selbst merken, noch lange nicht genug.«

Nach dem Essen drückte der Innenminister Diamantopoulos einen stichpunktartigen Überblick über *Opus Dei* in die Hand mit den Worten: »Lesen Sie es sich gut durch, Sie werden es sicherlich benötigen.«

Ein gepanzerter Dienstwagen des Ministeriums chauffierte die Kommissare zum Lieferanteneingang des Hotels. Unbemerkt konnten sie ihre Deckung aufgeben.

In seinem Zimmer las Diamantopoulos die Papiere des Ministers aufmerksam. Hin und wieder schüttelt er mit dem Kopf. Nichts als Machenschaften, Intrigen und Korruption, unfassbar! Er mochte es gar nicht glauben, was er da zu lesen bekam. Ihm stellte sich die Frage, warum darüber in den Medien nicht viel mehr berichtet wurde. So etwas konnte doch nicht ewig vertuscht werden. Er erinnerte sich an den letzten Weltkirchentag, von dem Ausschnitte im Fernsehen übertragen worden waren. Der Petersplatz war von morgens bis abends überfüllt gewesen mit Gläubigen aus aller Welt. Tausende Menschen, die mit dem Papst beteten, ihm zujubelten. Kranke und Kinder, die zu ihm geschoben wurden, um seinen Segen zu erhalten, als er durch die Menge gefahren wurde. Konnte es wirklich sein, dass all diese Menschen nichts ahnend waren, so wie er, bevor er mit diesem Fall beauftragt wurde? Seine ohnehin spärliche Glaubensbereitschaft schien nun vollends zerstört.

Wellendorf-Renz tauchte vor seinen Augen auf. Der knorrig wirkende Ex-Hauptkommissar gefiel ihm. Er mochte und schätzte ihn – als Freund, Lehrer und vielleicht bald als

Familienmitglied. Diamantopoulos musste unweigerlich grinsen. Er sah das Bild seiner verlegenen Mutter, den coolen Wellendorf-Renz und den abgefahrenen Trollinger vor sich. Seufzend trank er einen Schluck Bier, bevor er sich hinlegte. Er war sehr darauf gespannt, was ihn und seine Mitarbeiter noch erwarten würde.

Diamantopoulos schlief unruhig. Seine Gedanken drehten sich um den Fall, die vielen Hinweise auf der einen Seite und seine Machtlosigkeit auf der anderen.

Wortkarg, jeder mit seinen eigenen Gedanken beschäftigt, saßen sie beim Frühstück. Zeitiger als nötig, machten sie sich auf den Weg zu ihrem bevorstehenden Termin. Diamantopoulos war es etwas flau im Magen. Den anderen auch, er sah es ihnen an.

Misstrauisch und zurückhaltend begegnete der Kardinalspräsident den drei griechischen Beamten. Ebenso vorsichtig wählte Diamantopoulos seine Worte, er durfte nicht zu viel preisgeben. Ein paar wenige Fakten und die Frage nach dem Zusammenspiel von Bischof Rontos mit der Schweizer Garde sollten genügen, um die Zusage für einen weiteren Gesprächstermin in Anwesenheit des Bischofs zu bekommen. Der Termin wurde auf den Nachmittag des kommenden Tages festgelegt.

Für Diamantopoulos ein verlorener Tag, der wieder unnötig zum Nachdenken zwingen würde. Kurzerhand lud er seine Mitarbeiter in eine Pizzeria ein. Die Beamten suchten sich ein Schattenplätzchen mit freiem Überblick über einen großen Platz, auf dessen Mitte ein Wasserspiel im Sekundentakt verschiedene Fontänen spie.

»Jetzt noch einmal Kind sein und versuchen, da durchzulaufen«, seufzte Diamantopoulos.

Die Kollegen lachten zustimmend und bekundeten, mitmachen zu wollen. Miller nahm vor einem nahegelegenen Lokal Platz. Es tat Diamantopoulos schon leid, dass er ihn so ins Abseits drängen musste, aber sie hatten keine andere Wahl.

Wenige Minuten später tauchte Cibella auf.

»Hallo, wie ist es gelaufen, habt ihr etwas erreichen können?«

»Morgen Nachmittag dürfte es interessant werden. Der Kardinalspräsident hat einem Gespräch unter anderem mit Bischof Rontos zugesagt. Weiß man inzwischen Näheres über diesen Bischof?«, fragte Diamantopoulos.

»Ich habe gestern Abend rein zufällig jemanden getroffen«, begann Cibella schmunzelnd. »Rontos ist wohl erzkonservativ und wurde erst im letzten Jahr von Salvatore Pionte in die Kongregation für Bischöfe erhoben.«

»Wer ist dieser Pionte? Ich verstehe nicht ganz«, fragte Diamantopoulos.

»Pionte ist der Chef des päpstlichen Geheimdienstes *Opus Dei*. Sie tauschen gerne kritische Bischöfe gegen konservative aus, die oftmals dem *Opus Dei* angehören, um die Kontrolle des römisch-katholischen Zentrums in Rom innezuhaben«, erklärte Cibella.

»Also wieder ein schmutziger Zwist um Machtpositionen«, warf Remos ein.

»Ja. Seit 2010 gibt es einen Gesetzeserlass zur Vorbeugung und auch Abwehr des Transfers von Geldern und kriminellen Aktivitäten, damit man die ganzen P3- und P4-Manipulationen abschütteln und vereiteln kann. Die Gesetzesgewalt, wie ihr wisst, hat der Kardinalspräsident. Und dessen engster Freund ist Bischof Rontos, der wiederum angeblich auf der Liste der P4 stehen soll.«

»Steht er.« Diamantopoulos pfiff anerkennend durch die Zähne. Ihm wurde schlagartig klar, dass das Notizbuch, das Welle in Obhut hatte, in erster Linie eine Mitgliederliste der P4 war. »So ein Dreckskerl, man hat es ihm mit keiner Silbe angemerkt, dass er Rontos kennt«, zischte er leise.

»Wartet, ich bin noch nicht fertig. Papst Franziskus wirbelt den Vatikan bekanntlich ganz schön durcheinander. Er greift hart gegen Pomp und Gier durch. Will die Finanzfragen der katholischen Kirche lösen, hat kräftig seine Bank ins Visier genommen und so weiter. Vorgänger Ratzinger hatte sich ebenfalls daran versucht, wurde aber von der Kurie boykottiert. Papst Franziskus sagt, was er zu sagen hat, und spricht sogar wörtlich vom ›Fetischismus des Geldes‹. Die Mafia kann ihr Geld nun nicht mehr in und mit der Vatikanbank waschen. Es laufen wohl immer noch interne Ermittlungen, da die Herkunft von Geld auf diversen Konten noch nicht geklärt werden konnte. Und glaubt mir, mein Informant ist sich sehr sicher, dass gewisse Herren daran ganz schön mitverdient haben. Und nun, aus der Traum vom großen Schwarzgeld, zumindest für diejenigen, die ihr Geld im Vorfeld nicht auf den Cayman Islands gebunkert haben.«

»Bei so viel Reformeifer kann ich mir lebhaft vorstellen, dass sich der Papst nicht nur Freunde gemacht hat«, meinte Papadakis.

»Das morgige Treffen, mit diesen Informationen im Hintergrund, wird bestimmt sehr aufschlussreich«, sagte Diamantopoulos.

†

Während der ausgiebigen Mittagspause überredete Remos seinen Chef, ihn auf das Polizeipräsidium zu begleiten. Er beabsichtigte, Batrini auflaufen zu lassen. Die Zeit war endlich reif dafür.

»Ein bisschen Spaß kann nicht schaden«, meinte Diamantopoulos, der gespannt auf Batrini war.

★

Später auf dem Revier konfrontierte Dimos Remos Commissario Batrini mit dem Treffen beim Kardinalspräsidenten. Er konnte sich diesen Triumph nicht entgehen lassen und er lag richtig damit. Batrini brüllte wie ein Besessener, dass man ihn übergangen hätte. Cibella drohte er mit Suspendierung.

»Aber, aber, lieber Kollege, wer wird denn gleich so aus der Haut fahren. Warum regen Sie sich eigentlich auf? Man könnte aus Ihrer Reaktion die Vermutung aufstellen, Sie hätten mit der ganzen Angelegenheit etwas zu tun«, sagte Diamantopoulos ruhig. »Morgen wird es ein weiteres Gespräch mit dem Präsidenten und Bischof Rontos geben, wenn Sie mögen, dürfen Sie gerne daran teilnehmen.«

»Sie, Sie. Diese Anmaßung! Sie haben hier gar nichts zu bestimmen, das ist mein Fall. Ich werde mich beschweren«, fauchte Batrini.

Remos lachte schrill. »Um mal Ihre eigenen Worte zu benutzen, der Vatikan ist ein Staat im Staat, in dem auch Sie nichts zu sagen haben.«

»Ich lade Sie herzlich ein, morgen um vierzehn Uhr pünktlich zum Hotel zu kommen«, sagte Diamantopoulos süffisant. »Dann nehmen wir Sie sehr gerne mit.«

Den Nachmittag nutzten Diamantopoulos und sein Team, um ein paar Sehenswürdigkeiten zu inspizieren. Ihre Tour begann beim Kolosseum. Sie hatten großen Spaß daran, ihre Bodyguards, wie sie die Herren in den schwarzen Anzügen nannten, durch die Hitze zu jagen.

»Wir Griechen vertragen wohl ein bisschen besser die sommerlichen Temperaturen«, sagte Remos.

Als Nächstes steuerten sie das Pantheon an, dessen Fassade griechischen Bauten ähnelte. Ihr letztes Ziel sollte der Petersdom sein. Sie waren gespannt, ob ihnen ihre Verfolger auch hier an den Fersen klebten.

Als Diamantopoulos die Eintrittspreise sah, drehte er auf dem Absatz um, steuerte direkt auf die Bodyguards zu und machte ihnen ganz nüchtern den Vorschlag, den Gruppentarif zu wählen, da der günstiger sei. Im Übrigen könnten sie bei dieser Gelegenheit das ein oder andere Relikt erörtern, da sie sicherlich mit denen vertrauter wären.

Diese Provokation brachte ihnen kostenfreien Eintritt.

»Das hätten Sie schon eher machen können, dann hätten wir im Pantheon auch nichts zahlen müssen.« Remos feixte.

Gut gelaunt drehten sie eine Runde durch die Basilika, ließen das kolossale Gebäude auf sich wirken. Die Krönung der Besichtigung bot der Panoramablick auf Rom von der Dachterrasse aus, die sie mit einem Lift erreichten.

Zu guter Letzt verweilten die Beamten im Mittelschiff noch einige Minuten.

»Sie können Feierabend machen, wir fahren jetzt zum Hotel und werden das heute nicht wieder verlassen«, rief

Diamantopoulos über eine Kirchenbank hinweg. Es machte ihm riesigen Spaß, diese auf ihn lächerlich wirkenden Gestalten zu ärgern.

Am darauffolgenden Mittag tauchte Batrini pünktlich um vierzehn Uhr in der Hotellobby auf. Mit ihm hatte Diamantopoulos nicht wirklich gerechnet. Man verzichtete auf jede Unterhaltung während der Fahrt zum Petersplatz. Alle Redeansätze von Batrini wurden unterbunden.

Ein Gardist führte die Delegation in einen Besprechungsraum. Die voluminöse Ausstattung mit langen, schweren Mahagoni-Tischen aus einem anderen Jahrhundert, die auf geschnitzten Beinen standen, schwerem Brokatstoff als Übergardinen sowie einer überdimensionalen Tiffany-Stehlampe lösten trotz der imposanten Größe des Raumes das Gefühl von Bedrängnis aus. Sie staunten allesamt über das Aufgebot von mehreren Bischöfen und Kardinälen, die edle Roben zur Schau trugen; dazu gesellten sich Salvatore Pionte und der deutsche Präfekt, die ihnen namentlich vorgestellt wurden. Nur die Hauptperson, Bischof Rontos, schien zu fehlen.

»Ich habe veranlasst, nach ihm zu suchen. Einige Mitarbeiter sind zu seiner Wohnung gefahren«, entschuldigte sich der Kardinalspräsident, der Diamantopoulos' Blick aufgefangen hatte.

Schweigen durchzog den Raum. Batrinis Gesichtsfarbe wurde zusehends fahler. Abstrafende Blicke zweier Bischöfe ließen ihn unruhig werden. Alle anderen schienen es zu bemerken.

»Meine Herren«, brach Diamantopoulos die Ruhe. »Da sich Bischof Rontos offensichtlich des Gesprächs entzieht, erlaube ich mir, Sie nach Ihrer Meinung zu folgenden Bildern zu fragen.«

Er zog sein Mobiltelefon aus der Tasche, gab es Remos, der von einem zum anderen ging. Diamantopoulos taxierte die Reaktionen sehr genau. Einige der durchweg pummeligen Bischöfe zeigten leichte Nervosität. Andere hingegen völliges Desinteresse.

»Das ist doch Joseph Wächter, ein Gardist«, sagte Pionte. »Wahrscheinlich unterhielt sich Bischof Rontos mit ihm. Ungewöhnlich, aber nicht unnormal.«

»Sie kennen die Gardisten namentlich? Erstaunlich! Aber das ist nicht Joseph Wächter, sondern sein Zwillingsbruder. Können Sie mir sagen, was Bischof Rontos mit Reinhold Wächter zu tun hatte?«, fragte Diamantopoulos.

Es herrschte für einen kurzen Moment Ratlosigkeit.

»Ich werden Ihnen sagen, was ich denke. Reinhold Wächter sollte seinen Zwillingsbruder zu etwas überreden, und als der nicht mitzog, erpresste der Bischof den Gardisten Wächter. Als der sich vehement weigerte, flüchteten die Brüder nach Griechenland, wo der Gardist schließlich ermordet wurde. Für mich kann es sich hierbei nur um etwas Schwerwiegendes handeln, wie zum Beispiel ein Attentat auf den Papst. Vielleicht ist der Heilige Vater einigen unliebsam geworden?« Diamantopoulos freute sich innerlich, dass die Mischpoke sich lautstark echauffierte. Sie gackerten wie aufgescheuchte Hühner durcheinander.

Pionte klopfte mit einem goldenen Ring an ein Glas, um die Aufmerksamkeit auf sich zu lenken.

»Das will ich nicht glauben, unsere Geheimpolizei hätte solche Vorgänge bemerkt. Wenn überhaupt jemand dahintersteckt, dann könnten das nur die *Skull and Bones* sein, sie sind als Unterwanderer von Politik und Justiz bekannt«, sagte er.

»Würde für so etwas nicht die P4 genügen?«, hakte Remos nach.

Protest machte sich wieder breit. Einige Bischöfe schimpften inzwischen hemmungslos. Diamantopoulos wunderte sich über deren erbärmliches Vokabular.

»Gut, dann ziehen wir die Frage zurück. Nachdem sich hier anscheinend niemand äußern möchte und Sie alle, mit Verlaub, vor Ignoranz strotzen, möchten wir Ihre wertvolle Zeit nicht länger in Anspruch nehmen. Vielleicht hätten die Herren die Güte, sich dahingehend zu beraten. Und denken Sie bei dieser Gelegenheit gleich über mögliche strafrechtliche Folgen nach«, sagte Diamantopoulos zynisch.

Er wandte sich zum Gehen, als er kurz innehielt, um dem Kardinalspräsidenten seine Visitenkarte in die Hand zu drücken.

»Wo und wie Sie mich in Rom erreichen, kann Ihnen Ihr Geheimdienst sagen. Rufen Sie mich an, wenn Sie Bischof Rontos gefunden haben.«

Betont gemächlich verließ er mit seinen Kollegen den Vatikan.

Wütend fauchte er auf dem Parkplatz Batrini an: »Gnade Ihnen Gott, wenn Sie da mit drinhängen. Am besten, Sie packen schon mal Ihre Koffer.«

Cibella erwartete sie gespannt im Hotel, hörte den kurzen emotionsgeladenen Bericht von Remos und verabschiedete sich überstürzt.

»Ich komme später wieder«, rief er ohne weitere Erklärung und verließ den Raum.

Diamantopoulos und seine griechischen Kollegen blieben wieder einmal verwundert zurück.

Dann tauchte Miller auf und begann mit seinem Bericht. »Einige nervöse Köpfe taten sich zusammen, während ihr im Vatikan wart. Ein Kuttenträger in rotem Gewand gab Anweisungen an unsere Beschatter. Zwei von ihnen fuhren weg, kamen aber kurze Zeit darauf wieder zurück. Salvatore Pionte sprach nach eurer Abfahrt ebenfalls mit ein paar Leuten dieser Ray-Ban-Gilde. Zwei von denen lösten dann die beiden vor dem Hotel ab. Und was war bei euch? Seid ihr weitergekommen?«

Remos und Papadakis informierten ihn, während Diamantopoulos zum Mobiltelefon griff.

★

Währenddessen hatten Welle und Tula beschlossen, ein Paar zu werden. Sie wussten zwar noch nicht, wie das funktionieren sollte, aber versuchen wollten sie es. Diese Neuigkeit verkündete er seinem treuen Ex-Kollegen und Freund Holger Kuhlmann in Pforzheim.

»Mensch Peter, ich freu mich sehr für dich«, sagte Kuhlmann, »aber bitte bleib uns als Sonderermittler erhalten, hier geht es drunter und drüber. Das permanente Baustellenchaos mit dem bescheuerten Stadtring nimmt kein Ende. Die Geschäftsleute beschweren sich in einer Tour und starten sinnlose Anzeigen. Unser Stadtboulevard mit den sündhaft teuren Rostkübeln als kunstvolle Pflanzschalen sorgt ebenfalls für Unmut. Und überhaupt, so mein

Eindruck, werden die im Rathaus mit ihren suspekten Bau- und Umbaubeschlüssen immer skurriler«, machte er sich Luft.

»Reg dich nicht so auf. Pforzheim war schon immer für sinnlose Geldverschwendung und Baumaßnahmen bekannt. Dabei ist es völlig egal, wer das Sagen hat«, beruhigte ihn Welle.

»Ja, sicher. Das musste jetzt einfach raus. Im Übrigen konnte ich über euren Bischof Rontos in Erfahrung bringen, dass er vor zwei Jahren in den Vatikan zitiert wurde. Man wollte ihn unter Beobachtung haben. In seinem damaligen Umfeld gab es zunehmend Konflikte mit Behörden und Banken. Seine Diözese gelangte zusehends in schlechten Ruf. Einzelheiten habe ich leider nicht, war eh schon schwierig genug. Man schweigt sich darüber aus.«

»Das überrascht mich nicht. Den griechischen Kollegen legt man in Rom einen Stein nach dem anderen in den Weg. Wenn ich nur könnte und dürfte, wie ich wollte …«

»Zum Glück kannst du es nicht. Ich kann mir gut vorstellen, wie du einigen freudig in den Hintern treten würdest.«

»Wie soll ich das denn jetzt verstehen?«

»Peter, wir wissen genau, wenn dich etwas ärgert, ist nicht Trollinger der Bullterrier, sondern du.«

»Danke für die Blumen. Und danke für die Info über Rontos.«

»Gerne. Grüß mir unbekannterweise deine Tula. Bis bald, alter Haudegen.«

Gerade als Welle das Gespräch beendet hatte, klingelte es.

Diamantopoulos berichtete von den einzelnen Gesprächen, seinen Gedanken und der Resignation.

Bevor sie gemeinsam am Telefon eine Fallanalyse erstellten, schaltete Diamantopoulos sein Handy laut. Remos schrieb mit.

»Wer sind eigentlich diese *Skull and Bones*«, fragte Papadakis.

»Diese Vereinigung hat mehrere Vertreter aus Wirtschaft und Politik hervorgebracht, ebenso ein paar Präsidenten der USA. Dort sind sie auch ansässig. Man weiß nichts über ihre Standards und Riten, daher sind sie Angriffspunkt für freudige Verschwörungstheoretiker. Aber das könnt ihr vergessen, das ist viel zu weit hergeholt. Pionte will ablenken, und Ablenkung heißt vertuschen. Ich bin fest davon überzeugt, dass die Täter im Vatikan zu finden sind. Ihr solltet an den Papst herantreten«, sagte Welle.

»Du bist gut! Wie sollen wir das schaffen? Für Audienzen ist der Präfekt zuständig. Und der wurde bestimmt schon instruiert. Ich traue denen mittlerweile alles zu«, klagte Diamantopoulos frustriert.

»Telefoniere mit dem Privatsekretär des Papstes. Ich denke, das ist der einzige sinnvolle Weg. Lass dir vom Innenminister weiterhelfen, schließlich hat es schon einmal funktioniert.«

»In Ordnung, den habe ich völlig aus meinen Gedanken verdrängt. Vielen Dank erst mal und bis bald«, sagte Diamantopoulos.

Es klopfte.

»Ich bin es, Cibella.«

Im Zimmer gingen die griechischen Kriminalbeamten

blitzschnell in Stellung, bevor Remos vorsichtig die Tür öffnete. Cibella schlüpfte siegessicher herein.

»Ich habe euch etwas mitgebracht«, strahlte er und legte dabei sein Handy auf den Tisch, damit jeder die Bilder darauf betrachten konnte. »Ich war eben in der Wohnung von Bischof Rontos, bevor wer auch immer auf die Idee kommt, die zu durchsuchen. In der Schreibtischschublade fand ich diese Buchungsbestätigungen für zwei Hin- und Rückflüge Rom-Athen. Hier, auf dem Foto.« Er tippte mit seinem Zeigefinger mehrfach auf den Tisch. »Dann diese Liste mit Namen, sieht doch verdammt so aus wie die, die ihr habt.« Er wischte über den Touchscreen seines Smartphones, um das nächste Bild sichtbar werden zu lassen. »Ansonsten fand ich nichts Auffälliges in der Wohnung.«

»Unglaublich, Cibella, Sie überraschen mich. Wie sind Sie in die Wohnung gelangt, wo doch alle unter ständiger Beobachtung stehen oder betrifft Sie das nicht?«, fragte Diamantopoulos.

»Lassen Sie das mein kleines Geheimnis bleiben«, bat Cibella.

»Sie können uns nicht zufällig einen Termin beim Papst verschaffen?«, wollte Papadakis wissen.

Cibella wurde in die neueste Strategie eingeweiht, danach schnappte er sein Mobiltelefon und verschwand im Badezimmer.

Schnelle Blicke schweiften umher, aber es blieb mucksmäuschenstill. Alle versuchten zu lauschen. Diamantopoulos klebte mit seinem Ohr förmlich an der Tür, als diese schwungvoll aufgerissen wurde.

»In zwei Stunden habt ihr euren Termin. Ein Wagen

wird uns abholen«, sagte er und lachte geradeheraus, als er die konfusen Gesichter und den erschrockenen Diamantopoulos vor sich sah.

»Langsam könnten Sie mir schon vertrauen«, meinte Cibella gespielt pikiert.

»Äh, ja … Ich frage Sie auch nicht, wie Sie das schon wieder organisiert haben. Die Situation wird immer surrealer – und der Termin ist wirklich beim Papst?«, fragte Diamantopoulos ungläubig.

»Wenn ich's doch sage! Was ist, gehen wir runter, etwas essen?«

»Natürlich!«, schoss es aus Remos heraus, dessen Magen seit geraumer Zeit hörbar knurrte.

Kapitel Siebzehn

Ein verdunkelter Wagen stand pünktlich um zwanzig Uhr vor dem Hotel. Cibella grinste zufrieden. Die Beamten waren aufgeregt und etwas nervös. Einen Papst trifft man schließlich nicht alle Tage.

Der Privatsekretär erwartete sie am Seiteneingang eines Nebengebäudes.

»Ich bin Pater Aranis.« Freundlich schüttelte er jedem die Hand und entschuldigte sich, dass er weder Griechisch noch Deutsch spräche.

»Aber mit Arabisch und Italienisch kann ich dienen, Sie können wählen«, scherzte er mit einem herzlichen Lächeln.

Cibella tätschelte er freundschaftlich die Schulter. Dimos Remos fungierte wie so oft als Übersetzer.

Pater Aranis führte die Kriminalbeamten in ein Büro, bat die Herren Platz zu nehmen und servierte Wein und Mineralwasser. Ein sehr schlichter Raum, frei von Protz und Brokat. Das Mobiliar in Weiß mit zierlichem Schreibtisch. Die Decke mit Stuckarbeiten geziert, die in der Raummitte sternförmig zusammenliefen. Die hohen Fenster gaben den Blick auf das abendliche Rom frei.

Geraume Zeit später betrat der Heilige Vater das Zimmer gefolgt von einem Mann in Uniform, der sich als Marco Galanetti vorstellte, Generalinspekteur der

Gendarmeria Vaticana. Nach kurzer zurückhaltender Begrüßung bat man Cibella vor die Tür.

»Bitte entschuldigen Sie diese Maßnahme. Nicht, dass wir Commissario Cibella nicht vertrauen, ganz im Gegenteil. Durch unsere gute Zusammenarbeit weiß er sehr viel über Vatikan-Interna. Wir können ihn nicht überall dabeihaben, Sie verstehen?«, sagte Marco Galanetti.

»Ja, kein Problem. Wir rätselten schon, warum er sich so frei bewegen kann und diesen Termin erwirken konnte, wo wir doch unter permanenter Überwachung durch den päpstlichen Geheimdienst stehen«, sagte Diamantopoulos.

»Wie bitte? Aus welchem Grund?«

»Das wüssten wir auch gerne. Diese Herren sind in Griechenland schon unangenehm aufgefallen und sind, wie es scheint, mindestens für zwei Tötungsdelikte verantwortlich.«

»Sie entschuldigen mich ganz kurz«, sagte Galanetti. Er nickte dem Papst zu und stürmte aus dem Raum.

»Es ist kein leichtes Amt, was ich mir da aufgebürdet habe, wahrlich nicht. Lassen Sie uns zunächst anstoßen.« Papst Franziskus erhob das Glas. »Auf unser aller Gesundheit!«

Die Gläser klirrten. Das Kirchenoberhaupt ließ den Wein kennerhaft im Mund spielen, bevor er ihn hinunterschluckte.

»Um den Kalterer See wächst die beste Traubensorte. Jedenfalls für meinen Gaumen«, lächelte er sanft. »Sie sehen alle sehr besorgt aus, was ist der Grund dafür?«

Bevor Diamantopoulos antworten konnte, stand Galanetti schon wieder im Raum.

»Erledigt!«, rief er. »Oh, ich bitte um Verzeihung, ich wollte Sie nicht unterbrechen.« Entschuldigend sah er Papst Franziskus an, der ihm einen missbilligenden Blick zuwarf, ihm aber gleich das weitere Wort erteilte.

»Bitte verraten Sie mir zu Beginn, warum Sie mich überprüfen ließen«, fragte Galanetti, der sich ebenfalls ein Glas griff.

»Sie wissen davon? Wir wollten einen Zusammenhang Ihrer Person mit Pionte und dem Kardinalspräsidenten ausschließen. Um offen zu sein, wir wissen nicht, inwieweit Dinge vertuscht werden, und wer wirklich alles darin eingebunden ist«, antwortete Diamantopoulos.

»Verstehe.«

»Aber nun sagen Sie, was führt Sie zu mir, sind dies polizeiliche Ermittlungen?«, fragte Papst Franziskus.

Diamantopoulos berichtete über das Geschehen in Griechenland und in Rom. Er erörterte den Stand der Ermittlungen und legte Beweismaterial offen. Zweimal musste Pater Aranis die großen Weinkaraffen nachfüllen.

»Es tut mir wirklich leid. Der anfänglich vage Verdacht erhärtet sich immer mehr und lässt darauf schließen, dass innerhalb des Konklaves Intrigen gesponnen wurden und sogar ein Attentat auf Eure Eminenz geplant war, wobei Bischof Rontos eine nicht unerhebliche Rolle spielen dürfte«, schloss Diamantopoulos.

Betroffenheit und Fassungslosigkeit gefolgt von wissendem Nicken spiegelten sich in den Blicken zwischen dem Heiligen Vater und dem Generalinspekteur wider.

»Wir hatten Bischof Rontos schon seit Längerem unter Verdacht. Er ist vom ganz alten Schlag und sicherlich durch seine Strafversetzung ebenso wütend. Wir werden ihn finden und seiner gerechten Strafe zuführen. Da unsere Gendarmeria der Interpol angehört, wird Sie Signore Galanetti über die Fortschritte auf dem Laufenden halten. Um die Eltern der Wächters werde ich mich persönlich kümmern«, sagte der Papst. Er sagte es so, dass man ihm ansah, wie ernst er es meinte.

»Interpol hin oder her. Bislang war an eine Zusammenarbeit nicht zu denken.« Diamantopoulos war es ein Bedürfnis, dies nochmals zu erwähnen. »Sie sollten unsere Anfrage aus Athen erhalten haben.«

»Ich war drei Wochen im Urlaub und bin erst seit gestern wieder hier. Ich werde meinen Stellvertreter dazu befragen, er hat mich darüber nicht informiert. Ich kann mich dafür nur entschuldigen«, sagte Galanetti.

»Was für ein schmutziges Spiel spielt Batrini? Er hätte zuerst mit uns zusammenarbeiten müssen. Stattdessen tischte er mir Märchen auf, die widersprüchlicher nicht sein konnten«, sagte Remos. »Commissario Batrini stellte vor einigen Jahren einen Antrag zur Aufnahme in die Loge, machte dann aber einen Rückzieher. Den Grund dafür kennen wir leider nicht. Commissario Cibella hingegen wurde uns seinerzeit zu einem treuen Ansprechpartner, der zudem einen Cousin in meiner Abteilung hat. Ich werde Batrini durchleuchten und überwachen lassen, dann werden wir sehen, ob er mit der Sache etwas zu tun hat. Ausschließen kann ich es auch nicht, da bin ich ganz bei Ihnen.«

Es klopfte.

Ein Mitarbeiter des Gendarmeriekorps steckte seinen Kopf herein, rief seinem Chef etwas zu und schloss die Tür wieder.

»Ihre Anhängsel wurden vor wenigen Minuten verhaftet, als sie Bischof Rontos Wohnung durchsuchten. Wie gesagt, ich halte Sie auf dem Laufenden«, meinte Galanetti sichtlich zufrieden, aber auch peinlich berührt, dass in seinem Korps etwas aus dem Ruder lief.

»Wissen Sie, meine Herren«, ergriff Papst Franziskus wieder das Wort, »Korruption und Machtkämpfe auf höchsten Ebenen sind noch lange nicht beendet. Meine Amtszeit reicht nicht aus, um all diese Dinge zu richten, zumal viele verstockte Gegner im Konklave sitzen. Und, seien wir ehrlich, sollte mein Nachfolger wieder der alten Liga angehören, war alles für die Katz. Geld ist der Mist des Teufels. Ich danke Ihnen aufrichtig für Ihre Arbeit und segne Sie dafür. Auf Ihr Wohl und unser aller Gesundheit.«

Der Heilige Vater erhob erneut das Glas, stieß mit den Beamten an und verabschiedete sich.

Pater Aranis führte die Delegation wieder hinaus.

Tief beeindruckt von der Audienz, der Freundlichkeit und Leichtigkeit dieses wunderbaren Mannes, saßen die Polizisten an der Hotelbar. Miller prüfte mehrfach die Umgebung.

»Wir scheinen tatsächlich keiner Bewachung mehr zu unterliegen«, bekundete er.

»Cibella, Sie begleiten mich morgen Mittag beim Abschlussgespräch zum Innenminister«, bat Diamantopoulos. »Danach fliegen wir nach Hause. Unsere Maschine geht um fünfzehn Uhr.«

Gegen fünf Uhr früh erhielt Diamantopoulos einen Anruf von Galanetti, der ihn nicht mehr einschlafen ließ.

Diamantopoulos fühlte sich niedergeschlagen, als er in den Frühstücksraum ging.

»Was ist denn mit Ihnen los«, fragte Papadakis erschrocken.

»Ein paar Minuten Geduld, Galanetti wird mit uns frühstücken und uns die Ereignisse der letzten Nacht berichten.«

Remos stand am gut gefüllten Buffet und belud seinen Frühstücksteller.

»Ihr Gesicht spricht Bände, was ist passiert?« Remos blickte besorgt zu Diamantopoulos.

»Guten Morgen, die Herren«, dröhnte die feste Stimme des Generalinspekteurs. »Haben Sie Ihren Leuten schon berichtet?«, fragte er Diamantopoulos.

»Nein, ich wollte Ihnen nicht vorgreifen.«

Galanetti schenkte sich einen Kaffee ein und blickte in die Gesichter der Kriminalbeamten. Salvatore Pionte konnte nebst einigen seiner Mitarbeiter noch in der Nacht verhaftet werden und wurde direkt zur Vernehmung gebracht. Anfänglich verstrickte er sich in Widersprüche. Seine Körpersprache strafte die Worte Lügen. Dem Vernehmungsbeamten gelang es nach mehr als drei Stunden, Pionte mürbe zu klopfen. Um seine eigene Haut zu retten, verriet er den Zusammenhang von Bischof Rontos und Commissario Batrini. Rontos war es, der den Auftrag gab, die Explosion zu inszenieren, als Batrini mit Ihnen, Kommissar Remos, ermittelte. Pionte ließ bislang nur leicht durchblicken, dass tatsächlich eine Revolte gegen Papst Franziskus in Planung war und vielleicht noch ist. Es dürfte sehr schwierig werden, den eigentlichen Drahtziehern auf die Schliche zu kommen. Während der Befragung durchsuchten meine Mitarbeiter die Wohnung des Bischofs. Sie konnten leider keine Beweise sicherstellen. Ein anderer Trupp sollte Batrini herbeischaffen. Leider fand man den Commissario erschossen in seinem Wagen, direkt vor seinem Haus. Vom Bischof fehlt bislang jede Spur.«

»Wahnsinn«, meinte Remos.

Seine Kollegen stimmten ihm zu.

»Die Ernüchterung ist schon heftig«, meinte Galanetti. »Papst Franziskus lässt Ihnen allen aufrecht danken, Sie haben sein Leben gerettet. Hier, das soll ich Ihnen geben.«

Galanetti schob Diamantopoulos einen weißen Umschlag zu.

»Was ist das?«, fragte er erstaunt.

»Ich kann es mir denken, öffnen Sie ihn bitte erst im Flugzeug. Ich muss los, wir sehen uns später.«

Wie verabredet, trafen die Kommissare beim Ministerium ein.

»Was macht der Generalinspekteur hier?«, fragte Cibella leise Diamantopoulos, als er diesen beim Innenminister erspähte. Diamantopoulos' Antwort bestand aus einem Schulterklopfen und wissendem Lächeln.

Galanetti berichtete sehr ausführlich. Trotzdem fragte der Minister immer wieder nach Einzelheiten, machte sich Notizen, fragte Diamantopoulos, in dem sich die Szenerie wie in einem Film erneut abspulte.

Erschrocken riss Cibella die Augen auf, als Galanetti zu den Geschehnissen der letzten Nacht kam. Diamantopoulos hatte versprechen müssen, keine Informationen vorher an ihn weiterzugeben.

»Unglaubliche Geschichte mit beachtlicher Arbeit, von allen Seiten. Richten Sie Ihren Leuten meinen Dank aus. Das gilt auch für Sie, Herr Diamantopoulos! Ihre

Hartnäckigkeit zeigte Erfolg. Solche Leute könnten wir hier auch gut gebrauchen. Sollten Sie sich neu orientieren wollen, dürfen Sie sich jederzeit an mich wenden.«

»Danke, das ist sehr freundlich«, antworte Diamantopoulos, der von dem Angebot ziemlich überrascht war.

»Cibella, Ihnen ist es zu verdanken, dass die griechischen Kollegen in ihrer Arbeit erfolgreich agieren konnten. Sie haben die richtigen Kontakte, sind ehrlich, strebsam und, was ganz wichtig ist, Sie haben Potenzial. Ich möchte Sie zum neuen Kommissariatsleiter ernennen. Sie hören noch diese Woche von mir«, sagte der Innenminister.

»Danke«, stammelte Cibella, der sich so freute, dass ihm Tränen über das Gesicht kullerten.

»Ihnen wünsche ich einen guten Heimflug«, sagte der Minister und erhob sich.

Vor dem Ministerium warteten die anderen. Cibella fiel Remos buchstäblich um den Hals.

»Danke, mein Freund! Danke!«

Diamantopoulos erklärte seinem Mitarbeiter den Gefühlsausbruch. Cibella war dazu nicht in der Lage.

Galanetti verließ ebenfalls das Gebäude und trat zu den Beamten.

»Sie haben es sich mehr als verdient, Cibella. Gratuliere! Und Bischof Rontos stellen wir gemeinsam«, sagte er. Kräftig schüttelte er Cibellas Hand. »Guten Flug! Man sieht sich immer zwei Mal im Leben.« Mit erhobener Hand grüßte er die Gruppe und winkte seinem Fahrer.

Kapitel Achtzehn

Der Flug nach Athen verlief ohne Turbulenzen. Diamantopoulos kramte den Umschlag hervor. Remos, der neben ihm saß, stierte ebenso gespannt wie er auf das Wappen am oberen linken Rand des Briefumschlages. Diamantopoulos klappte das kleine Speisetischchen um, legte den Umschlag darauf und öffnete ihn. Mehrere Karten mit dem Abbild des Papstes kamen zum Vorschein. Remos nahm eine und drehte sie herum. Er stutzte kurz, bis er begriff. Auf jeder Karte dankte der Papst namentlich den griechischen Beamten für ihren mutigen Einsatz und segnete sie hierfür.

»Woher wusste er unsere Namen?«, fragte er Diamantopoulos.

»Unser beider Namen ist klar. Aber alle anderen? Ich weiß es nicht.«

Er drehte alle Karten um und fand eine mit dem Namen Wellendorf-Renz. Fragend schaute er zu Remos.

»Was steht hier darauf? Bitte lies mal vor.«

»Lieber Hauptkommissar Wellendorf-Renz, insbesondere habe ich wohl Ihrem Scharfsinn mein Leben zu verdanken. Ich stehe tief in Ihrer Schuld. Sollte Sie Ihr Weg nach Rom führen, so lade ich Sie recht herzlich zu einem Gespräch und einem Gläschen Wein ein. Bringen Sie diese Karte als Entree mit. Gott segne Sie. In tiefer

Verbundenheit, Franziskus.«

Erstaunt beäugten sie alle Karten.

Auf Remos' Karte stand die Erklärung. Galanetti hatte Cibella die Namen entlockt. Der Heilige Vater entschuldigte sich bei ihm, dass er fast selbst Opfer einer inszenierten Intrige geworden wäre. Er lud ihn ebenfalls nach Rom ein.

»Dieses Schlitzohr Cibella«, entfuhr es ihm.

Bei Diamantopoulos bedankte sich Papst Franziskus für dessen Kraft, sich durch die Etagen des Vatikans gekämpft zu haben, und wiederholte sein Versprechen, sich um die Hinterbliebenen in der Schweiz zu kümmern. Auch er hatte eine persönliche Einladung zum Gespräch in Rom.

Remos, der am Gang saß, verteilte die Karten an seine Kollegen. Die Gesichter sprachen Bände. Erst erstaunt, begriffsstutzig, dann hoch erfreut. Damit hatte keiner von ihnen gerechnet.

»Was für ein wunderbarer Mann, dieser Franziskus«, seufzte Diamantopoulos, lehnte sich zurück und schlief den Rest des Fluges.

Polizeidirektor Malestos holte seine Leute höchstpersönlich vom Flughafen ab. Sie alle waren ausgezehrt, aber glücklich. Diamantopoulos verabschiedete sich und fuhr postwendend nach Alepochori.

Ganz nach griechischer Manier musste der Bericht noch warten.

*

Welle bereitete zur Feier des Tages ein typisch schwäbisches Essen zu. Es war nicht ganz einfach, in Megara

Wiener Würstchen zu bekommen. Als Diamantopoulos nach Hause kam, duftete es in der Wohnung nach Linsengemüse mit selbst gemachten Spätzle und heißen Saitenwürstchen. Ein badisch-schwäbischer Gaumenschmaus, der mit dem griechischen Geschmack so gar nichts zu tun hat und die Gesichtszüge von Tula leicht entgleiten ließ. Umso besser mundete der Wein von Freund Dimitri.

»Gestern früh wurde die Waffe aus der Kapelle geborgen. Eure KTU bestätigte sie als Tatwaffe«, sagte Welle freudig. »Im Herbst soll übrigens der Bagger anrücken, man will das Kirchlein abreißen. Eigentlich schade, der Anblick hat etwas.«

»Spätestens im nächsten Frühjahr, nach den Regengüssen, würde sie samt Hang auf die Straße rutschen«, meinte Tula.

»Peter, ich möchte mich ganz herzlich bei dir bedanken«, sagte Diamantopoulos. »Du hast mir sehr bei diesem Fall geholfen. Kannst du nicht einfach hierbleiben? Malestos würde dich sofort als freien Ermittler der Athener Kriminalpolizei verpflichten.«

»Das könnte euch so passen. Ha noi, mached ihr eier Glomp alloi, i heb in Pforze gnug z' due.«

»Echt schade. Guck mal, ich habe da etwas für dich.«

Feierlich überreichte Diamantopoulos ihm die Karte vom Papst.

Welle las. Er blickte über den Tisch. Las erneut.

»Wie komme ich zu dieser Ehre?«, stammelte er etwas verwirrt.

Diamantopoulos erzählte ausführlich von der Begegnung mit Papst Franziskus und den überraschenden Inhalt des Briefumschlags.

»Alle Achtung, das hätte ich nicht erwartet.«

»Da fällt mir noch etwas ein. Während der Audienz wurde ein Weißwein vom Kalterer See serviert. Ich meine, vom Geschmack her derselbe, wie du ihn im Gepäck hattest. Das Kirchenoberhaupt bevorzugt diese Traube, wie er uns versicherte.«

»Der Mann ist mir zwar unbekannt, aber jetzt schon sympathisch.«

»Und wie geht es mit dir und Mama weiter?«

»Peter und ich fahren morgen für eine Woche nach Pylos. Danach wird er leider abreisen. Aber ich habe ihm versprochen, zu Weihnachten nach Deutschland zu kommen.«

»Na dann, auf uns. Jamas!«

Tula besaß ein kleines Häuschen inmitten knorriger, über einhundert Jahre alter Olivenbäume an dem wohl schönsten Platz der Welt, der Navarino-Bucht. Es war ein typisch griechisches Gemäuer mit Holzläden, zwei Schlaf- und einem Wohnzimmer sowie Küche und Bad.

Welle war begeistert.

Gemeinsam schrubbten sie die Veranda, buddelten im Garten, genossen das einfache Leben, die Meeresluft und die Sonne.

Welle erinnerte sich angesichts der Olivenbäume an seinen Gedichtband.

»Tula, hör mal, was ein Pforzheimer über deine Gartengenossen schreibt. Das Gedicht heißt *Perfektionsrelikt*.

Bizarr und knorrig, tausend Jahre alt,
gepflanzt erspross er zart aus hartem Kern,
ward tiefgewurzelt zum Olivenbaum,
der gute Boden bot ihm Stand und Halt.

So viele Nachbarbäume hätten gern
von ihm die Älterwerdenrezeptur,
trotzt Herbstes Stürme und der Trockenheit,
blieb Feuersbrunst bisher dem Baume fern.

Im Mai mediterraner Blütentraum
schenkt zweijährig danach die reife Frucht,
geschmacklich bestes Öl kommt kaltgepresst
aus Kreta und dem Kalamataraum.

Am Borkenriss nagt die Naturgewalt,
acrylgemalt auf Leinwand, recht skurril,
gilt dieser Baum als Perfektionsrelikt,
schmückt manch Tavernenwand
als Mystgestalt.«

»So etwas kann man nur schreiben, wenn man Hellas liebt«, sagte Tula beeindruckt.

»Stimmt, es ist ja auch verdammt schön hier!«

Landschaftlich war es ganz anders als um Alepochori herum. Als einfach göttlich empfand Welle das Naturschutzgebiet nahe Gialova. Ein ausgesprochenes Eldorado für Tiere, die es in Deutschland allenfalls in einem Zoo zu sehen gab.

Heute aber war ihm elend zumute. Welle war bis über beide Ohren in Tula verliebt und hielt sich mit seinen Gefühlen keineswegs zurück. Es würde der letzte Abend für längere Zeit sein. In seinen Gedanken tief versunken, kraulte er ausgiebig Trollinger. So ein Scheißdreck aber auch. Heidenei.

»Lass uns an unserem letzten Abend in Gialova essen gehen. So schnell bekommst du keine frischen Meeresfrüchte mehr serviert. Ich habe uns einen Tisch am Strand reservieren lassen«, sagte Tula.

Welle wartete auf der Terrasse. Als seine Angebetete vor ihm stand, hielt er ihr das kleine Schmuckschächtelchen hin. Mit Anspannung öffnete sie den Deckel und brachte ein zartes Goldkettchen mit der griechischen Eule als Anhänger zum Vorschein. Wortlos nahm es Welle ihr aus der Hand, um es ihr feierlich anzulegen.

Tula wischte sich verstohlen über die Augen.

»Sagapo, agapi mou«, flüsterte sie und drückte sich ganz fest an ihn.

»Ich liebe dich auch«, antwortete er, fiel aber gleich in schallendes Gelächter, als er sie ansah. Mit weit aufgerissenen Augen blickte sie ihn an.

»Woher …?« Weiter kam sie nicht. Er fischte aus seiner Jacke einen Griechisch-Deutsch-Sprachführer hervor und grinste. Bestens gelaunt und beim Dessert angekommen, störte Tulas Handy das Idyll.

»Mama, gib mir bitte sofort Peter!«

»Georgios, was ist los?«

»Mama! Mach!«

Tula reichte ängstlich das Telefon weiter. Ihre Hand zitterte.

Welle zog seine Augenbraue noch oben: »Ja?«

»Hör mir genau zu! Ihr werdet beobachtet und müsst verschwinden! Generalinspekteur Galanetti hat mir eine von seinen Leuten abgefangene E-Mail weitergeleitet. Er hat den ganzen Vatikan anzapfen lassen. Seine Leute versuchen, die ID des Absenders herauszufinden. Im Anhang sind Bilder von dir und Mama im Garten und beim Einkaufen in Pylos, auch von Malestos und seiner Familie. Wo seid ihr gerade?«

»In Gialova am Strand.« Welle gab Zeichen zum Bezahlen.

»Ein Hubschrauber ist zu euch unterwegs, er wird auf der Hafenmole landen, die ist breit genug. Du gibst unseren Leuten sämtliche Schlüssel. Sie sichern das Haus, bringen dein Auto und eure Sachen zurück. In zehn Minuten müsste er da sein. Beeilt euch!«

»Ist das wirklich nötig?«

»Ja, verdammt. Meinst du, Galanetti macht so einen Aufriss, wenn es eine Lappalie wäre?«

Tula fragte nicht. Zwei Polizeifahrzeuge sperrten die sechs Meter breite Mole ab. Der Hubschrauber setzte zum Landen an. Welle zerrte Trollinger an der Leine hinter sich her. Gemeinsam kämpften sie gegen den Rotoren-Wind. Miller und zwei ebenfalls bewaffnete Männern sprangen heraus.

»Steigen Sie ein. Schnell.« Er half Tula. Welle drückte ihm die Schlüssel in die Hand, hob Trollinger hinein und nahm selbst Platz.

»Guten Flug!« Miller schob die Helikoptertür zu.

»Schüsse! So ein Granadescheißdreck!«

Danke

An dieser Stelle geht mein Dank an meine hiesigen Freunde, die mir mit Rat und Tat zur Seite standen und mich dazu inspiriert haben, anstatt eines Kurzkrimis meinen Debüt-Roman zu kreieren.

Ein besonderes ›Efcharisto para poli‹ geht an meine Freunde in Griechenland. Das gemeinsam Erlebte, eure herzliche Art und der südliche Flair waren Grundlagen für diese Geschichte.

Ein weiterer Dank geht an Ernst Merz, Lyriker aus Pforzheim, für das Gedicht.

Vielen Dank auch meinem Lektor Michael Lohmann, für die lehrreiche Korrektur und seine herrlichen Kommentare.

Claudia Konrad

Claudia Konrad

SCHWARZE VILLA

Leseprobe

PROLOG

Jähzorn, Mord. Schizophrenie.
Verlust, Tod. Tragik.
Fußspuren, Spuk. Schaurig.
Ermittlungen, Mumie. Phänomenal.
Angst, Familiengeschichte. Apokalypse.
Die schwarze Villa. Kunst.
Dieser Kriminalroman. Wahrheit und Fiktion.

Vergebens flehte er um Sex. Bettelte und erniedrigte sich, bis es eines Tages mit ihm durchging. Gnadenlos trieb er sie in den Keller und verging sich grauenvoll an ihr. Wie ein ausgehungertes Raubtier auf Beutezug stürzte er sich auf sie, vergewaltigte sie. Nicht ein Mal, nicht zwei Mal, er wusste nicht, wie oft er das arme Ding geschunden hatte. Wie ein Irrer hatte er auf sie eingeschlagen, bis sie sich nicht mehr bewegte. Sein Drang, der Wahn, die Begierde, die Lust nach ihr war noch nicht gestillt. Er quälte den bewusstlosen, geschundenen Körper weiter. Immer und immer wieder, unermüdlich, bestialisch.

Stunden später ließ er endlich erschöpft von ihr ab.

Kapitel Eins

Pforzheim, 21. Februar 1945

Wie er diesen Krieg hasste. Was war nur aus der einst blühenden Stadt geworden? Was aus seinem Betrieb? Wütend schob er die Schreibtischschublade zu, in der die Ideen für edle Schmuckstücke ruhten. Dieser verdammte Krieg, wer weiß denn schon, wann er sich wieder seiner eigentlichen Arbeit widmen, die eingemotteten Feinmechanik-Maschinen endlich auspacken und Zeichnungen das lang ersehnte Leben einhauchen konnte. Diese Ungewissheit, ob die Franzosen auf der anderen Seite des Rheins nur auf eine passende Gelegenheit warteten, den Fluss überqueren zu können, um die Stadt zu überrennen oder gar zu besetzen.

Heinrich Goldammer saß hinter seinem klobigen Eichenschreibtisch und beobachtete die fünfzehn Mitarbeiter durch eine mit Feinstaub belegte Glasscheibe. Munition stellten sie her, anstatt Gold- und Doubleketten zu produzieren.

Seit heute Morgen schwelte die neue verfluchte Angst, dass Hitler nun völlig durchdrehen könnte. Man hatte dem Führer vom unbemerkten Treffen zwischen Heinrich Himmler und dem ehemaligen Schweizer Bundespräsidenten Jean-Marie Musy in Wildbad berichtet. Geheim und doch nicht geheim. In Windeseile, hinter vorgehaltener Hand und ganz im Vertrauen, verbreitete sich die Nachricht durch die noch lebenden Verwandten, dass Himmler angeblich seine Schuld am Holocaust mindern wollte und in gemeinsamer Arbeit mit Musy versuchte, Juden über die Schweiz in die Vereinigten Staaten zu schleusen. Wohl schafften zwölfhundert Menschen die erste nächtliche Zugfahrt. Was, wenn Hitler seinen Zorn auf die Region ausbreiten würde?

Goldammer stierte vor sich hin, spielte gedankenversunken mit der linken Hand in einer kleinen Box, die randvoll mit Edelsteinen gefüllt war. Steine, die für seine Schmuckstücke gedacht waren und die im Moment als totes Kapital vor ihm lagen.

Er dachte an Walter, seinen jüdischen Freund, Schulfreund und Geschäftspartner, den man 1933 mitsamt Familie deportiert hatte. Die Schmuckfabrik wurde arisiert. Tradition und Zukunft ausgelöscht. Welch große Pläne sie hatten! Walter arbeitete als Goldschmied in der Firma seines Großvaters, die er bald hätte übernehmen sollen. Seine Eltern starben, als er gerade einmal neun Jahre alt war. Goldammer fragte sich, ob es besser gewesen wäre, ebenfalls tote Eltern gehabt zu haben oder solche wie die seinen. Fusionieren wollten sie, gemeinsam zur weltweiten Anerkennung für ihre Schmuckwaren gelangen, Pforzheim zu weiterem Ruhm durch hochkarätiges Design verhelfen. Vorbei.

Sirenen heulten, Fliegeralarm.

Ermattet erhob er sich. Da war sie wieder, diese ätzende Angst, dass Pforzheim dieses Mal bombardiert werden könnte. Solche Gedanken wurden dann doch von der Bevölkerung verdrängt. Überhaupt glaubte niemand so recht daran, da die Schmuckstadt bisher größtenteils verschont geblieben war, wenn auch die erste Bombardierung durch die United States Army Air Force im April 1944 knapp einhundert Menschenleben gefordert hatte. Die sich häufenden

Angriffe der Alliierten gegen Ende 1944 hinterließen ebenfalls verhältnismäßig geringe Schäden. Nach der Bombardierung Dresdens war man sich in seinen Freundes- und Geschäftskreisen relativ sicher, mit einem blauen Auge davonzukommen.

Eine halbe Stunde verbrachte Goldammer gemeinsam mit seinen Arbeitern im Keller. Genügend Zeit, um die Zwangsarbeiter genauer zu beobachten. Jedes Unternehmen in der Stadt, das Kriegsmaterial – und wenn es noch so kleine Teile waren – herstellen musste, bekam solch arme Teufel zur Arbeitsverrichtung zugewiesen. Konnte er den beiden KZ-Häftlingen zur Flucht verhelfen? Lag es überhaupt im Bereich des Möglichen? Und wenn, dann wie? Was, wenn es schiefginge? Offensichtlich würde man ihn auf der Stelle erschießen. Die Stadt wimmelte von Hitler-Treuen und Soldaten. In der Ferne grollte es. Es hörte sich wie das Abladen von Kartoffeln von einem Lastkraftwagen an.

Der Entwarnungston der Sirenen drang durch das dicke Gemäuer. Einmal mehr nur ein Fehlalarm, Glück gehabt. Man schüttelte sich die Hände, umarmte sich, ging erneut an die Arbeit – erleichtert, am Leben zu sein.

Goldammer klopfte seinen Anzug aus und hing im Büro seinen Gedanken abermals hinterher.

Was war heute bloß los mit ihm? Er kannte solche Gefühlsseligkeit und Sentimentalitätsausbrüche von sich nicht, er vermochte es sich nicht zu erklären und steckte sich eine Zigarre an. Den Rauch entließ er in großen Ringen aus dem Mund. Seine verkorkste Jugend tauchte vor seinem geistigen Auge auf, mit einem weichlichen Vater und einer Mutter, die er nur selten zu Gesicht bekam. Liebe und Geborgenheit wurden ihm eher wenig zuteil. Ein fataler Umstand, der sein Leben prägte. Zumindest hatte man ihm die Goldschmiedeschule ermöglicht, so gelang es ihm, sich schon in jungen Jahren eine kleine Schmuckmanufaktur aufzubauen. Es war sehr vorteilhaft, dass sein Vater Ausbilder in der ersten Berufsschule für diese Branche war. Seine Mutter stammte aus Wildbad, einem Erholungs- und Kurort, nur fünfundzwanzig Kilometer von Pforzheim entfernt. Sie war eine Gebürtige von Stetten, deren Familie in der dritten Generation ein Hotel führte, in dem zu besseren Zeiten Herzöge, Könige und der Kaiser speisten. Wildbad wurde von der oberen Schicht beherrscht. Fabrikanten aus nah und fern urlaubten und genossen die Thermalbäder inmitten des Schwarzwaldes.

Wo ist diese Idylle nur geblieben, fragte er sich. Seit 1941, mit dem Feldzug gegen die Sowjetunion, mutierte Wildbad zu einer Lazarettstadt. Kliniken, Hotels, alles, was Platz bot, wurde für Verwundete, Ärzte und Pflegepersonal bereitgestellt. Das Fliegerheim beherbergte die meisten Kriegsopfer. Militär, so weit das Auge reichte. Selbst auf dem Sommerberg oberhalb von Wildbad wurden beide Hotels zu Lazaretten umfunktioniert.

Nichts war, wie es einmal war. Seine Großeltern waren ebenfalls verstorben. Großvater traf es 1931. Er erlag während der Autofahrt von Pforzheim nach Wildbad einem Wandersplitter, der von einer Verwundung im Ersten Weltkrieg im Körper zurückgeblieben war. Das Metallstück saß so ungünstig im Gehirn, dass die Ärzte eine Operation ablehnten. Was er so Wichtiges an diesem Tag mit Vater zu besprechen hatte, blieb im Verborgenen. Vermutlich drehte sich wie immer alles um das Familiengeheimnis.

Großmutter verstarb 1930. Mit an Sicherheit grenzender Wahrscheinlichkeit aus Gram. Sie hatte nie den Tod ihrer Tochter, seiner Mutter, überwunden, dessen Schuld sie eindeutig ihrem Enkelsohn, also ihm, zuwies, wobei sie es nie ausgesprochen hatte. Ihr Verhalten glich psychischem Terror. Wahrscheinlich hätte er besser damit umgehen können, wenn sie ihm ihre Meinung ins Gesicht geschrien hätte.

Sommerberg – ein Lächeln huschte kurz über sein Gesicht. Auf dem Sommerberg hatte er mit seiner zwei Jahre älteren Schwester, einem Kindermädchen und einer Haushälterin, den größten Teil seiner Kindheit verbracht. Das nicht allzu große Holzhaus gehörte seiner Mutter und wurde gerne als Wochenendquartier genutzt. Der Wald bot den Kindern Platz zum Toben, wenn sie sich unbeobachtet fühlten.

»Adele, ich habe dich gehasst«, rutschte es ihm heraus. Goldammer schnellte aus dem Sessel, blickte sich um. Nervös fingerte er durch sein volles Haar. Niemand schien ihn zu beobachten. Gemächlich zog er an der Zigarre, holte ein vergilbtes Fotoalbum hervor und sah seine Schwester vor sich. Hübsch war sie, ohne Zweifel. Hatte langes blondes Haar, stahlblaue Augen, genau wie er. Sanft strich er über die Fotografie.

Eigentlich waren sie alle Vorzeige-Arier. Zumindest gingen sie ohne Probleme als solche durch. Goldammer amüsierte sich. Seinem Onkel väterlicherseits war es zu verdanken, dass sie lebten. Ja, es war zunächst ein Schock für ihn, als ihm Vater anvertraute, dass die Ahnen jüdischer Abstammung waren, und er immerhin noch Halbjude sei. Dieser Onkel, den er nie kennengelernt hatte, sei als Flugzeugingenieur tätig gewesen, und betrieb noch vor dem Ersten Weltkrieg einen hohen Aufwand, um die Familiengeschichte ein für alle Mal auszulöschen. Juden waren die ganze menschliche Geschichte hindurch immer und immer wieder verhasst, gejagt und sinnlos ermordet worden. So hatte der Onkel Geistliche und Verwaltungsräte dermaßen erfolgreich bestochen, dass seitenweise Blätter aus Kirchenbüchern herausgetrennt, Urkunden verbrannt und somit die Herkunft der Familie vernichtet wurde. Wenn dieser irrsinnige Krieg vorüber ist, wollte er versuchen, doch noch etwas aus der Vergangenheit ausfindig zu machen, was ihn geringstenfalls berechtigen würde, den Freiherren-Titel wiederzuerlangen. Schließlich handelte es sich, den Erzählungen seines Vaters nach, zwar um einen verliehenen, aber immerhin einen Erbadel. Die Familie konvertierte zum katholischen Glauben, nahm den letzten Vornamen als Nachnamen, der Adelstitel wurde abgelegt. Oder doch nicht? Wer weiß, ob die Geschichte mit dem Onkel nicht nur vorgeschoben ist? Inbrünstig hoffte er darauf, dass Archive die erforderlichen Nachweise eingelagert hätten und die nicht einer Zerstörungswelle zum Opfer gefallen waren. Andererseits … hätte bei Hitlers Vernichtungszug nur ein kleiner Verdacht bestanden, wäre seine Familie längst abtransportiert worden. Dessen wurde er sich Tag um Tag bewusster.

Goldammer rückte seine silberfarbene Nickelbrille zurecht und blätterte eine Seite des Albums um.
Seiner zwei Jahre älteren Schwester Adele wurde schon immer jeder Wunsch erfüllt. Sie konnte sich stets einer Extrabehandlung gewiss sein. Sie war es auch, der gestattet wurde, auf Mutters Schoß zu sitzen, die sich anlehnen durfte, die liebevoll zu Bett gebracht wurde. Er, der 1910 das Licht der Welt erblickte, war stets der ungeliebte Schwächling. Wer war in Wirklichkeit seine Bezugsperson, fragte er sich. Opa? Eindeutig der Wildbader Großvater mütterlicherseits. Über Vaters Eltern, den jüdischen Ahnen, wusste er nichts. Man redete nicht.

Reitunterricht bekam Adele, durfte sogar mit ihrem Reitlehrer durch den Wald auf dem Sommerberg reiten. Und er?

Er durfte nicht einmal einem Fußballklub beitreten, wo all seine Freunde waren. Also hatte er kaum Freunde. Je älter Adele wurde, desto mehr nahm sie Mutters Züge an. Er begann, sie zu hassen. Nicht genug, dass er vor Eifersucht schier platzte, aber dann fing sie mit diesen Erniedrigungen an, wie Mutter …

Es geschah an einem lauen Sommertag 1924. Die Haushälterin fuhr mit der Standseilbahn ins Tal, um Lebensmittel zu besorgen. Das Kindermädchen widmete sich dem Gartenbeet. Vergeblich hatte sie ihn um Hilfe gebeten, denn er hatte sich für diesen Tag vorgenommen, seiner Schwester eine Lektion zu verpassen. Mit einem Rucksack und Gummistiefeln machte er sich auf, in den Moorrandwald.

Er kannte sich, dank seines Großvaters, dort sehr gut aus. Opa war der Einzige, der ihn zu verstehen schien, der ihm Dinge beibrachte, die sein Vater für lapidar hielt. »Was muss man über die Entstehung eines Naturgebietes wissen, wenn Krieg ist. Es gibt Wichtigeres«, meckerte der Vater. Sein Großvater war es auch, der mit ihm die Hochebene zwischen Kaltenbronn, Gernsbach, Forbach und Wildbad durchwanderte und das Besondere an diesem Gebiet erklärte. Neben Waldwegen und Holzplanken über dem Moor wusste er genau, welche Stellen man betreten durfte und welche nicht.

Nur wenige Hundert Meter vom Haus entfernt schlug er sich in den Wald. Nach einer halben Stunde war sein Ziel erreicht. Er stülpte sich einen schwarzen Kapuzenumhang über, den er bei seinem Großvater hatte mitgehen lassen. Unhandlich und schwer war der Stoff. Aber er schaffte es rechtzeitig, als Adele sich hoch zu Ross näherte. Sie war allein unterwegs. Erwartungsvoll höhnte er unter der Kapuze, schnellte vor, als das trabende Tier auf seiner Höhe war, und brachte es mit einem mörderischen Aufschrei und heftigen Armbewegungen zum Steigen. Adele stürzte rückwärts aus dem Sattel und fiel auf den Rücken.

Er hörte ihre Knochen brechen, drehte sich aber nicht um, sondern verschwand lautlos im Wald.

Es dauerte nicht lang und die Nachricht wurde gebracht, dass Adeles Pferd reiterlos in den Stall zurückgekehrt sei. Keine Stunde später befand sie sich in der Klinik in Wildbad. Querschnittslähmung, lautete die Diagnose.

Heinrich Goldammer zog kräftig an der Zigarre. Er schaute durch die Glasscheiben seines Büros.

»Dieser verfluchte Krieg raubt mir die Nerven, ich dreh noch durch.«

Adele … geplant war das so nicht, nach dem Reitunfall wurde alles noch ärger. Jetzt spielte er erst recht die zweite Geige. Mutter wich nur selten von ihrer Seite. Erst litt sie mit ihrer Tochter, dann schämte sie sich zusehends, bis sie sich vor Schande, ein Jahr nach dem Unfall, auf dem Dachboden der Familien-Villa in der Friedenstraße erhängte. Vater schien Mutters Tod nicht sonderlich zu schockieren, sie hatten sich auseinandergelebt, schlussfolgerte er heute. Ihm, dem ungeliebten Sohn, nahm sie mit ihrem Tod den letzten Rückzugsort. Wie gerne saß er stundenlang auf dem kalten, halbwegs ausgebauten Dachboden. Hier wurde Wäsche getrocknet und gespielt. Und sie stritten sich um die Schaukel. An lauen Sommerabenden durfte er mit seinem Vater die Sterne betrachten. Sie stiegen auf einen Schemel, quetschten ihre Oberkörper durch die einzige Dachluke und manchmal, ja, manchmal brachte Vater ein Teleskop aus der Schule mit. Er kannte sie alle. Alle Planeten im Sonnensystem und unzählige Sternbilder. Ab und an konnte Vater richtig nett sein, aber das war bei Weitem nicht genug.

Ein Hauptgrund, dass er seinen Sohn, den Franz, verwöhnte. Zumindest bemühte er sich. Wann immer es Zeit und Umstände erlaubten, war die kleine Familie unterwegs. Wenn klarer Himmel über Pforzheim war, quetschten sie sich gemeinsam durch das Dachfenster, um vielleicht eine Sternschnuppe zu erhaschen.

Wie er das vermisste! Beim Gedanken an Frau und Kind träumte er von einer Versöhnung. Er liebte sie, er brauchte sie. Was war er nur für ein verdammter Idiot!

Tief sog er den Rauch in die Lunge.

Seine Schwester Adele mutierte zur Tyrannin. Ihre geifernde Stimme hallte permanent durch das Haus. Im Frühjahr 1926 warf sie ihm vor, dass sie ihn hinter dem Unfall vermutete. Sie erpresste und scheuchte ihn. Tu dies, tu das, hol mir – was auch immer.

Da war er wieder, dieser Hass. Wie damals.

»Heinrich, Heinrich, komm her!«, rief sie nach ihm.

Er reagierte nicht, überlegte.

»Heinrich, ich weiß, dass du mich hörst. Komm sofort her und gib mir etwas zu trinken.«

Er rührte sich nicht.

»Heinrich! Ich sag es dem Vater! Ich weiß, dass du es warst. Du hast das Pferd erschreckt. Deinetwegen leide ich. Kann nichts mehr entfachen und bin ein Krüppel. Null und nichts ist an diesem Leben lebenswert. Du hast alles zerstört, du warst und bist ein Nichtsnutz. Und Mutter hast du auch auf dem Gewissen. Gäbe es dich nicht, wäre das nicht passiert, und sie hätte sich meiner nicht schämen müssen.« Sie kreischte es heraus, hysterisch, unkontrolliert.

Er geriet unter psychischen Druck, vermochte sich derartige Behandlung nicht länger bieten zu lassen. Er musste endlich intervenieren …

Gemächlich schleppte er sich in ihr Zimmer, guckte sie an. Pure Boshaftigkeit sprudelte ihm aus ihren Augen entgegen.

»Heinrich, ich weiß es. Leugnen ist zwecklos. Ab sofort wirst du verrichten, was ich dir befehle, sonst ...«

Es sollten ihre letzten geschwollenen Worte sein. Ruckartig befreite er das Kopfkissen unter ihrem Kopf und drückte es ihr auf das Gesicht. Erst sachte, dann stärker. Adeles Todeskampf dauerte nur kurz, dann war es still.

Endlich Ruhe.

Befreiung.

Er fühlte sich frei. Schuldlos und frei.

»Chef, wir machen Feierabend«, riss ihn sein Kapo aus der Lethargie, »was ist denn heute mit Ihnen los? Immer noch wegen Ihrer Frau?«

»Ja und nein. Schönen Feierabend.« Goldammer löschte die Lichter seines kleinen Betriebes und fuhr nach Hause.

Es trieb ihn in den Luftschutzkeller der alten Villa. Gedemütigt von seiner Vergangenheit schaute er sich um. Zögernd strich er mit der Handfläche über die Wand der Ostseite, trank die mitgebrachte Cognacflasche mit einem Zug zur Hälfte leer und warf den Rest gegen das Mauerwerk. Tränen quollen aus seinen Augen, sturzbachartig rannen sie über sein Gesicht. Er fühlte sich miserabel, inadäquat und als Versager. Er, der von blauem Blut abstammende Kettengoldschmied Heinrich Goldammer, mit Tausenden Schmuckideen … ein gebrochener Mann. Er überlegte ernsthaft, seinem Leben ein Ende zu setzen.

Schwankend glotzte er in einen Spiegel. Dieser hässliche Zeitgenosse mit dickem angeschlagenen Barockrahmen befand sich im Haus, so lange er denken konnte.

»Heinrich, du bist erledigt! Schau dich an. Dünn, ausgemergelt und unrasiert. Elisabeth, Martha, mein Sohn, mein geliebter Sohn ...«

Er brach in sich zusammen, kauerte wie ein Embryo auf dem kalten Boden des Kellers und schluchzte sich in den Schlaf.

HALLO.
Wir sind pinguletta.
pinguletta

WINTERTÖCHTER. DIE FRAUEN

Das fulminante Ende der Trilogie. Zwei rätselhafte Tagebücher. Eine Niederschrift voll Leidenschaft, unendlichen Leids und einer Tat, die Leben zerstörte. Das Päckchen ohne Absender stürzt Helena und Christina in tiefe Verwirrung; wer ist die geheimnisvolle Anna und was hat es mit dem silbernen Medaillon auf sich? Die ungleichen Schwestern tauchen ein in die mysteriöse Geschichte ihrer Herkunft. Und nichts mehr in ihrem Leben bleibt, wie es war. **Wintertöchter. Die Kinder** – eine Erzählung über starke Frauen, die ihr Vermächtnis über Generationen erhalten und weitergeben.

Wintertöchter. Die Kinder

Mignon Kleinbek
Roman

Taschenbuch 480 Seiten | ISBN 978-3948063054
eBook | ISBN 978-3948063061